सत्यजित राय

2 मई, 1921 को गड़पार रोड, दक्षिणी कलकत्ता (बंगाल) में जन्म। पिता सुकुमार राय एक प्रतिष्ठित व्यक्ति थे।

प्रारम्भिक शिक्षा घर पर हुई। पाँच साल की आयु में माँ सुप्रभा राय के साथ भवानीपुर में नाना के घर जाकर रहने लगे। सन् 1936 में बालीगंज गवर्नमेंट हाईस्कूल से मैट्रिक पास किया। इसके बाद प्रेसीडेंसी कॉलेज और शान्तिनिकेतन से शिक्षा ग्रहण की।

बांग्ला फ़िल्मों के अन्तरराष्ट्रीय ख्यातिप्राप्त निर्देशक होने के साथ-साथ उच्च कोटि के संगीतकार, चित्रकार, छायाकार, पत्रकार और लेखक। बच्चों के लिए विशेष तौर पर काम किया है।

'पथेर पांचाली' उनकी विश्वप्रसिद्ध बांग्ला फ़िल्म है। हिन्दी सिनेमा को भी उन्होंने 'सद्गति' और 'शतरंज के खिलाड़ी' जैसी फ़िल्में दीं। अपनी कला-मर्मज्ञता के कारण वे कई उच्चस्तरीय राष्ट्रीय व अन्तरराष्ट्रीय समितियों के पदाधिकारी रहे। भारत के सर्वोच्च नागरिक सम्मान 'भारत रत्न' और ऑस्कर समेत अनेक सम्मानों, पुरस्कारों से सम्मानित।

निधन : 23 अप्रैल, 1992

रॉयल बंगाल रहस्य

सत्यजित राय

अनुवाद

मुक्ति गोस्वामी

रेमाधव पेपरबैक्स

पहला पुस्तकालय संस्करण
रेमाधव पब्लिकेशन्स प्राइवेट लिमिटेड द्वारा
2022 में प्रकाशित

रेमाधव पेपरबैक्स में
पहला संस्करण : 2023

रेमाधव पेपरबैक्स : उत्कृष्ट साहित्य के जनसुलभ संस्करण

रेमाधव पब्लिकेशन्स प्राइवेट लिमिटेड
जी-17, जगतपुरी, दिल्ली-110 051
द्वारा प्रकाशित

शाखाएँ : अशोक राजपथ, साइंस कॉलेज के सामने, पटना-800 006
पहली मंजिल, दरबारी बिल्डिंग, महात्मा गांधी मार्ग, प्रयागराज-211 001

वेबसाइट : www.remadhav.com
ई-मेल : contact@remadhav.com

बी.के. ऑफ़सेट
नवीन शाहदरा, दिल्ली-110 032
द्वारा मुद्रित

मूल्य : ₹199

ROYAL BENGAL RAHASYA
Novel by Satyajit Ray
Translated by Mukti Goswami

ISBN : 978-93-95328-10-4

रॉयल बंगाल रहस्य

1

***मूड़ो** हॅय बूड़ो गाछ*
हात गोन भात पाँच
दिक पाउ ठीक-ठीक जवाबे।
फाल्गुन ताल जोड़
दूई माझे भूँई फोड़
सॅन्धाने धॅन्दाय नॅवाबे॥

फेलूदा ने कहा था, "इस बार हम लोगों के साथ जंगल में घटी घटना के बारे में लिखते समय इन छह पंक्तियों के संकेत के साथ लिखना शुरू करना; यह संकेत घटना के अन्तिम आधे हिस्से से जुड़ा हुआ है।" इसीलिए जब मैंने उनसे 'ऐसा क्यों' जानना चाहा तो वे बोले, "यह भी एक शैली है। ऐसा करने से पाठकों में खुजली (उत्सुकता) पैदा होगी।" उनके इस जवाब से मैं सन्तुष्ट नहीं था—यह समझकर ही शायद वे दो मिनटों के बाद बोले, "पहेली से कहानी शुरू करने से जो भी यह कहानी पढ़ेगा उसे शुरू से ही कहानी को लेकर माथापच्ची करने का मौका मिल जाएगा।"

मैं फेलूदा के कहे अनुसार ही इस पहेली को शुरू में ही दे रहा हूँ, लेकिन साथ में यह भी बता देता हूँ कि माथापच्ची करके शायद ज्यादा कुछ

हासिल नहीं होगा, कारण यह संकेत बहुत आसान नहीं है। इसने फेलूदा तक को भी उलझा दिया था। हालाँकि उनके समझा देने के बाद यह मसला मेरे लिए भी बहुत आसान हो गया था।

इससे पहले तक फेलूदा के सभी खतरनाक अभियानों के बारे में लिखते समय मैं लोगों और जगहों का असली नाम ही लिखता आया हूँ, इस बार किसी के मना कर देने के कारण मैं ऐसा नहीं कर रहा हूँ। हालाँकि काल्पनिक नाम के लिए फेलूदा से सहयोग लेना पड़ा था। वह बोले थे, 'यह जगह भूटान सीमा के आसपास स्थित है, इसे बताने में कोई आपत्ति नहीं है। जगह का नाम बदलकर लिख दे—लक्ष्मणबाड़ी। जो सज्जन इस कहानी के मूल नायक हैं उनकी पदवी सिंहराय लिख सकता है। बंगाल में इस नाम के अनेक जमींदार थे और उनमें से बहुतों का मूल निवास था राजपूताना। उन लोगों में से बहुतों ने बांग्लादेश में आकर टोडरमल की मुगल-सेना में शामिल होकर पठानों के विरुद्ध युद्ध किया था और स्थायी रूप से बांग्लादेश में रहकर पूरी तरह से बंगाली बन गए थे।

मैं फ़ेलूदा की फरमाइश से ही यह कहानी लिख रहा हूँ, कहानी के चरित्र और जगहों के नाम ही केवल काल्पनिक हैं; घटना पूरी तरह सत्य है—जो कुछ भी मैंने देखा-सुना था उसके अतिरिक्त मैं कुछ नहीं लिख रहा हूँ।

यह घटना कलकत्ता से शुरू होती है। 27 मई, रविवार, समय सुबह के साढ़े नौ बजे। तापमान 100 डिग्री फॉरनहाइट। गर्मी की छुट्टियाँ चल रही थीं। फेलूदा कलकत्ता के ही फारडाईस लेन के एक हत्या के मामले में एक आलपिन का सूत्र पकड़कर अपराधी की शिनाख्त करके चर्चित हो गए थे। दो पैसे कमाकर निश्चिन्त हो छुट्टी मना रहे थे। मैं अपने डाक-टिकट के एलबम में भूटान के कुछ डाक-टिकट चिपका रहा था। इतने में जटायु वहाँ आ धमके।

रहस्य-रोमांच वाले उपन्यासों के लेखक लालमोहन गांगुली उर्फ जटायु आजकल महीने में कम-से-कम दो बार हमारे घर आते हैं। आजकल उनकी किताबों की बिक्री बहुत बढ़ गई थी इसलिए उनकी आमदनी भी अच्छी-खासी थी। महोदय को इसका थोड़ा घमंड भी था, लेकिन जब से फेलूदा ने उनकी कहानियों में तरह-तरह की गलतियाँ निकालना शुरू कर दिया था, तब से लालमोहन बाबू उनका बहुत सम्मान करते हैं और कोई भी नई रचना छपवाने से पहले फेलूदा को अवश्य दिखा लेते हैं।

लेकिन इस बार उनके हाथ में कागजों का बंडल नहीं था। उन्हें देखकर ही मैं समझ गया था, उनके आज आने का उद्देश्य कुछ और ही है। महोदय कमरे में आकर सोफे पर बैठ गए फिर अपनी जेब से हरे रंग के तौलिये का एक टुकड़ा निकाल कर पसीना पोंछकर फेलूदा की तरफ देखकर बोले, "जंगल घूमने चलेंगे?"

फेलूदा तख्त पर पीठ के बल लेटकर हायरडाल की लिखी हुई पुस्तक 'आकू-आकू' पढ़ रहे थे, लालमोहन बाबू की बातें सुनकर कुहनी के बल सिर उठाकर बोले, "जंगल के बारे में आपकी डेफिनेशन (परिभाषा) क्या है?"

"एकदम से सेंट परसेंट जंगल, जिसे फॉरेस्ट कहते हैं।"

"पश्चिम बंगाल में?"

"यस सर!"

"ऐसा तो सुन्दरवन या तराई जंगल के अतिरिक्त और कहीं नहीं है। सारे जंगलों को तो काटकर साफ कर दिया गया है।"

"महीतोष सिंहराय का नाम सुना है?"

सवाल पूछकर लालमोहन बाबू ने गर्व से हँसते हुए अपने चमकते हुए प्राय: चौबीसों दाँत एक साथ दिखा दिए। महीतोष सिंहराय का नाम मैंने भी

सुना है। फेलूदा के पास उनकी एक शिकार की किताब है—सुना है किताब बेहद रोमांचक है।

"वह तो उड़ीसा, असम या ऐसी ही किसी जगह रहते हैं न?"

लालमोहन बाबू तुरन्त अपनी कमीज की जेब से एक चिट्ठी निकालते हुए बोले, "नो सर! वह डुवार्स में रहते हैं—भूटान सीमा के पास। मैंने अपनी आखिरी पुस्तक उन्हीं को भेंट की है। मेरे साथ उनका पत्र-व्यवहार हुआ था।"

"मतलब आप जीवित व्यक्ति को भी पुस्तक समर्पित करते हैं?"

यहाँ लालमोहन बाबू के पुस्तक समर्पित करने के बारे में कुछ कहना जरूरी है। महोदय ख्यातिप्राप्त व्यक्तियों के अतिरिक्त किसी को पुस्तक भेंट नहीं करते हैं, और उनमें से अधिकांश भगवान को प्यारे हो चुके हैं। उदाहरण के लिए 'मेरुमहान्तक' को समर्पित किया था रॉबर्ट स्कॉट की स्मृति में, 'गोरिल्ला का ग्रास' डेविड लिविंग्स्टोन की स्मृति में, 'आणविक दानव' (फेलूदा का कहना है उसका अधिकांश गप्प है)—आइंस्टाइन की स्मृति में। आखिरी पुस्तक 'हिमालय पर हृतकम्प' भेंट करते समय लिख बैठे, "शेरपा-शिरोमणि तेनजिंग नौरगे की स्मृति में।" फेलूदा तो आग-बबूला, बोले—"आपने जीते-जागते इनसान को एकदम मार डाला?" लालमोहन बाबू हकलाते हुए बोले तो, "वे लोग तो लगातार पहाड़ पर चढ़े हुए थे—बहुत दिनों से अखबारों में उनका नाम वगैरह नहीं देखा था इसीलिए सोचा पैर फिसलकर शायद...।" द्वितीय संस्करण में समर्पण का पन्ना बदलकर उसमें संशोधन कर दिया था।

महीतोष सिंहराय एक अच्छे शिकारी हैं इसमें कोई शक नहीं है, लेकिन इसका मतलब यह तो नहीं कि वे इन लोगों की तरह प्रतिष्ठित हैं? फिर भी अपनी पुस्तक उन्हें समर्पित क्यों की, यह पूछने पर लालमोहन बाबू बोले, "इस पुस्तक में जंगल के मामले में बहुत सारी बातें महीतोष बाबू

की 'बाघे-बन्दूके' (बाघ और बन्दूक) पुस्तक से ली गई है।" उसके बाद मुस्कराकर जीभ काटकर बोले, "यहाँ तक कि एक पूरी घटना भी, इसीलिए उन्हें थोड़ा प्रसन्न करना जरूरी था।"

"आप अपने उद्देश्य में सफल हुए हैं?" फेलूदा ने पूछा।

लालमोहन बाबू लिफाफे से चिट्ठी निकालकर बोले, "नहीं तो क्या इस तरह आमंत्रित करते?"

"आमंत्रण तो आपको मिला है, मुझे नहीं।"

लालमोहन बाबू अब थोड़ा खीजकर भौंहे सिकोड़कर बोले, "अरे जनाब, आप एक विद्वान प्रतिष्ठित व्यक्ति हैं, आपका एक दबदबा है, आपको आमंत्रित नहीं करने से आप नहीं जाएँगे, मैं क्या इसे नहीं जानता? चार महीनों में पुस्तक के चार संस्करण प्रकाशित होने के बाद मैंने उन्हें एक पत्र लिखा था। उस पत्र में मैंने आपसे अपनी घनिष्ठता के बारे में भी लिखा था। उसी के जवाब में यह पत्र आया है, आप खुद ही पढ़कर देखिए न, हम दोनों को ही बुलाया है।

मैं महीतोष सिंहराय के पत्र की केवल अन्तिम कुछ पंक्तियों का ही यहाँ उल्लेख कर रहा हूँ—'आपके मित्र प्रदोष मित्र महाशय जी भी एक ख्याति प्राप्त जासूस है। अगर आप उन्हें अपने साथ ला सकें तो शायद वे मेरा एक उपकार कर सकते हैं। वे क्या निश्चित करते हैं, यह तुरन्त सूचित कीजिएगा।'

फेलूदा कुछ देर तक चिट्ठी की तरफ देखकर बोले, "वे क्या बुजुर्ग व्यक्ति हैं?"

"बुजुर्ग का डेफिनेशन?" लालमोहन बाबू आँखें आधी बन्द करके बोले।

"समझ लीजिए सत्तर के आसपास।"

"नो सर! महीतोष सिंहराय का जन्म नाइनटीन फोरटीन (1914) में हुआ था।"

"लिखाई देखकर तो बुजुर्ग ही लग रहे हैं?"

"यह आप क्या कह रहे हैं? उनकी लिखावट तो मोतियों जैसी सुन्दर है।"

"चिट्ठी नहीं, हस्ताक्षर। चिट्ठी शायद उनके सेक्रेटरी ने लिखी है।"

अगले बुधवार हम लोगों ने लक्ष्मणबाड़ी जाने का दिन तय किया था, न्यू जलपाईगुड़ी तक रेल से, उसके बाद छियालीस मील हमें कार से जाना था। कार की व्यवस्था हम लोगों को नहीं करनी पड़ी थी। महीतोष बाबू स्टेशन पर अपनी गाड़ी भेज देंगे।

जंगल जाने का प्रस्ताव पाकर फेलूदा का मन नाच उठेगा और उसके साथ मेरा मन भी, इसमें चौंकने वाली कोई बात नहीं थी, क्योंकि मेरे परिवार में भी शिकार की एक परम्परा थी। मैंने पिता जी से सुना है, मेरे ताऊ जी बहुत अच्छे शिकारी थे। ढाका के विक्रमपुर परगना के सोनादीघी गाँव में हमारा घर था। बड़े ताऊ जी मैमनसिंह के एक जमींदारी स्टेट के मैनेजर थे। मैमनसिंह के उत्तर में मधुपुर के जंगल में उन्होंने ढेरों बाघों, हिरणों और जंगली सुअरों का शिकार किया था। मेरे मँझले ताऊ जी—मतलब फेलूदा के पिता जी ढाका कॉलेजियट स्कूल में गणित और संस्कृत के अध्यापक थे। अध्यापक होने से क्या होगा—पहलवानों की तरह शरीर था उनका। फुटबॉल, क्रिकेट, तैराकी, कुश्ती—सभी खेलों में वे पारंगत थे। इतनी कम उम्र में ही उनकी मृत्यु हो जाएगी, यह किसी ने सोचा भी नहीं था। आज के जमाने में वह कोई लाइलाज बीमारी भी नहीं थी। फेलूदा की उम्र उस समय केवल नौ साल

थी। मँझली ताई उससे पहले ही स्वर्ग सिधार गई थीं। तब से फेलूदा हमारे साथ हमारे घर में पले-बढ़े हैं।

मेरे एक और ताऊ थे। वे तेईस वर्ष की उम्र में ही घर-संसार त्यागकर संन्यासी होकर उत्तर भारत की ओर चले गए थे, फिर कभी वापस नहीं आए थे। सुना है वह भी बहुत शक्तिमान थे। मेरे पिता जी सबसे छोटे भाई थे। बड़े ताऊ जी और पिता जी की उम्र में लगभग पचीस साल का अन्तर था। पिता जी शायद शारीरिक रूप से बहुत बलवान नहीं थे, लेकिन मानसिक दृढ़ता में कम नहीं थे।

विभूतिभूषण बन्द्योपाध्याय का 'आरण्यक' उपन्यास फेलूदा की प्रिय पुस्तक है। कॉर्बेट और केनेथ एंडरसन की सभी किताबें उनकी पढ़ी हुई थीं। उन्होंने खुद कभी शिकार नहीं किया था हालाँकि उन्होंने बन्दूक़ चलाना सीखा था। उनका रिवॉल्वर का निशाना भी अचूक है और जरूरत पड़ने पर वह बाघ मार सकते हैं इसमें भी कोई शक नहीं है, लेकिन फेलूदा के कहने का मतलब यह कि जानवरों के मन को, उनकी गतिविधियों को समझना इनसान के मिजाज को समझने से बहुत आसान है: क्योंकि जानवरों का मिजाज इनसान के मिजाज की तरह जटिल नहीं है, इनसानों में जो सर्वाधिक सीधा-सादा व्यक्ति होता है, किसी बाघ के मिजाज से उसका भी मिजाज कई गुना जटिल होता है।

तभी तो किसी अपराधी को सीधा करना बाघ मारने से कम बहादुरी का काम नहीं है।

ट्रेन में जाते-जाते फेलूदा लालमोहन बाबू को यही बात समझा रहे थे। लालमोहन बाबू के हाथ में महीतोष सिंहराय की लिखी हुई विषयक पहली शिकार पुस्तक थी। पुस्तक के प्रथम पृष्ठ पर महीतोष सिंहराय की एक तसवीर थी। वह एक मृत बाघ के कन्धों पर पैर रखकर हाथ में बन्दूक लिए खड़े हैं। पुस्तक की छपाई खास अच्छी नहीं थी इसीलिए साफ नजर नहीं

आ रहा था। लेकिन उनकी चौड़ी ठुड्डी, चौड़ा कन्धा और तीखी लम्बी नाक के नीचे की चौड़ी मूँछें तो समझ में आ रही थीं। तसवीर की तरफ नजर टिकाकर लालमोहन बाबू बोले अच्छा है आप साथ चल रहे हैं, नहीं तो इस तरह के एक सम्पन्न व्यक्ति के सामने मैं तो एकदम बौना बन जाता।"

लालमोहन बाबू की लम्बाई पाँच फीट चार इंच है, पहली नजर में वे बांग्ला फिल्म या नाटक के हास्य अभिनेता लगते हैं। इसीलिए बहुतों के सामने इनका बौना बनना स्वाभाविक है। फेलूदा के सामने तो थे ही।

फेलूदा बोले, "सरकार ने कानून बनाकर शिकार पर पाबन्दी लगा दी है। हो सकता है इसीलिए उन्होंने लिखने का मन बना लिया है।"

लालमोहन बाबू बोले, "लेकिन यह आश्चर्य की बात है कि पचास साल की उम्र में उनकी पहली पुस्तक आई है, लगता है वह एक मँजे हुए लेखक हैं।"

"शिकारियों में पहले भी ऐसी प्रतिभाएँ देखने को मिली हैं, कॉर्बेट की भाषा भी अत्यन्त प्रभावशाली है। शायद यह जंगल के वातावरण का असर है। पौराणिक काल में वेद-उपनिषद के रचयिता सभी ऋषि-मुनि जंगल में ही रहते थे।"

सियालदह से आगे बढ़ने के बाद से ही मैं देख रहा था, रह-रहकर बिजली कौंध रही थी। आधी रात में जब फरक्का बाँध स्टेशन पर गाड़ी रुकी थी तब नींद टूटने के बाद मैंने आँखें खोलकर देखा था, बाहर मूसलाधार बारिश हो रही थी, साथ ही बादल लगातार गरज रहे थे। सुबह न्यू जलपाईगुड़ी पहुँचकर मैं समझ गया इस इलाके में बदली होने के बावजूद पिछले कुछ दिनों में यहाँ बारिश नहीं हुई थी।

जो व्यक्ति हम लोगों को लेने आए थे वे महीतोष बाबू नहीं थे। उनकी उम्र तीस वर्ष से कम थी। वे गौर वर्ण के दुबले-पतले व्यक्ति थे। उनके बाल रूखे थे। आँखों पर मोटे काँच और मोटे फ्रेम का चशमा था। उन्होंने

हम लोगों को देखकर कुछ खास गरमजोशी नहीं दिखाई थी। इसका मतलब यह तो नहीं था कि वह खुश नहीं हुए थे। किसी मनुष्य के बाहरी आचरण से उसके असली मिजाज का अन्दाज लगाना कितना गलत है, यह बात फेलूदा बार-बार कहते हैं। उस व्यक्ति ने अपना परिचय देकर कहा कि वे महीतोष बाबू के सचिव तड़ित सेनगुप्ता हैं। हम लोगों में से कौन लालमोहन गांगुली हैं और कौन प्रदोष मित्र हैं, उस व्यक्ति ने बड़ी आसानी से इसका अन्दाजा लगा लिया था।

स्टेशन के बाहर महीतोष बाबू की जीप खड़ी थी। हम लोग दस मिनट के भीतर चाय और टोस्ट-अंडे खाकर स्टेशन से निकलकर जीप में बैठ गए। हम तीन लोगों के साथ दो सूटकेस और कन्धे पर लटकाने वाले फेलूदा के एक झोले के अतिरिक्त कोई दूसरा सामान नहीं था। इसीलिए जीप में जगह की कोई कमी नहीं हुई। कार चलने से कुछ पहले तड़ित बोले, "महीतोष बाबू स्वयं स्टेशन नहीं आ पाए उन्हें इसका अफसोस है। उनके बड़े भाई साहब की तबीयत खराब है, डॉक्टर आए थे इसीलिए उन्हें घर में रुकना पड़ गया।"

महीतोष बाबू के बड़े भाई भी हैं, हम लोग तो यह भी नहीं जानते थे। फेलूदा बोले, "ज्यादा बीमार हैं क्या?" मैं समझ गया था कि बीमार व्यक्ति के घर में मेहमान बनकर जाने में फेलूदा को थोड़ी हिचकिचाहट हो रही थी।

तड़ित बाबू बोले, "नहीं, देवतोष बाबू की बीमारी बहुत पुरानी है। दिमाग की बीमारी है। ऐसे तो कोई खास झमेला नहीं है। वे पूरी तरह पागल नहीं हैं, बस दो-तीन महीनों में एक-आध बार उनका दिमाग थोड़ा गरम हो जाता है; तब डॉक्टर आकर दवा-दारू की व्यवस्था कर देते हैं।"

"उनकी उम्र कितनी है?" फेलूदा बोले।

"चौंसठ! महीतोष बाबू से पाँच साल बड़े हैं। विद्वान व्यक्ति हैं। उन्होंने इतिहास पर काफी काम किया है।"

जीप में बैठने के बाद उत्तर दिशा में हिमालय नजर आ रहा था। दार्जीलिंग उसी दिशा में है। इससे पहले भी मैं तीन बार दार्जीलिंग गया था लेकिन इस बार जिस दिशा में जा रहा था, उस दिशा में पहले कभी नहीं गया था। आसमान में बादल छाये थे इसलिए गरमी थोड़ी कम थी। जाते-जाते रास्ते में चाय-बागान भी दिख रहे थे। शहर पार करने के बाद तसवीर धीरे-धीरे बदल रही थी। अब पूर्वी दिशा में भी पहाड़ नजर आ रहे थे। तड़ित बाबू बोले, "वही भूटान है।"

तिस्ता नदी पार करने के कुछ देर बाद से ही सड़क के किनारे जंगल दिखने लगे। बकरियों के एक झुंड को देखकर लालमोहन बाबू अचानक 'हिरण-हिरण' कहकर चिल्ला उठे। फेलूदा बोले, "गनीमत है—आपने बाघ नहीं कहा।"

तड़ित बाबू की बातचीत से पता चला कि महीतोष बाबू के मकान के पश्चिम में मीलभर के दायरे में ही एक जंगल है। जंगल का नाम कालबुनी है। कभी वहाँ काफी बाघ थे और सिंहराय परिवार के लोगों ने उन बाघों का शिकार भी किया था। लेकिन अब उस जंगल में बड़े बाघ या रॉयल बंगाल टाइगर हैं या नहीं, इसमें सन्देह है, हालाँकि तीन महीने पहले कालबुनी में आदमखोर बाघ के होने की बड़ी चर्चा थी।

"असल में नहीं?" फेलूदा ने पूछा।

तड़ित बाबू बोले, "एक दिन उस जंगल में एक आदिवासी लड़के का शव मिला था, उस पर बाघ के पंजों के निशान थे।"

"लेकिन मांस नहीं खाया था?"

"खाया था, लेकिन वह बाघ न होकर सियार प्रजाति का कोई जानवर भी हो सकता है।"

"महीतोष बाबू क्या कहते हैं?"

"उस समय वे यहाँ नहीं थे। हाँसिमारा की तरफ उनका चाय-बागान है। वे वहीं गए हुए थे। वन-विभाग के अधिकारी ने तो उसे बाघ ही बताया था, लेकिन महीतोष बाबू मानने को तैयार नहीं हुए।

"हालाँकि वन-विभाग के कर्मचारी इन तीन महीनों तक काफी छान-बीन करने के बाद भी उस बाघ को नहीं खोज पाए हैं।"

"फिर किसी आदमी के मारे जाने की कोई खबर नहीं है?"

"नहीं?"

आदमखोर का नाम सुनते ही मेरे रोंगटे खड़े हो गए। हालाँकि इस मामले में महीतोष बाबू की बातों पर ही यकीन करना था। लालमोहन बाबू सब कुछ सुनकर 'हाईली-इंटरेस्टिंग' कहकर भौंहों को और भी सिकोड़कर जंगल की तरफ देखने लगे।

एक छोटी नदी और एक बड़ा जंगल पार करके बाईं तरफ एक गाँव को पीछे छोड़ते हुए हमारी जीप पक्की सड़क छोड़कर एक कच्ची सड़क पर आ गई। लेकिन हमें ज्यादा झटके नहीं सहने पड़े। पाँच मिनट चलने के बाद पेड़ों के पीछे से एक पुराने मकान का ऊपरी हिस्सा नजर आने लगा। और आगे बढ़ने के बाद पेड़-पौधों को पार करके एक बहुत बड़े फाटक वाला मकान नजर आया जो किसी समय पूरी तरह सफेद रहा होगा। अभी पूरे मकान पर कालिमा छा चुकी थी। रंग जो कुछ बाकी था वह केवल खिड़कियों के शीशों पर था, मगर इन्द्रधनुष के सात रंगों में से कोई भी रंग बाकी नहीं था।

संगमरमर के फलक पर 'सिंहराय पैलेस' लिखे फाटक को पीछे छोड़कर हमारी जीप, बरसाती के नीचे जाकर रुक गई।

2

महीतोष बाबू इतने गोरे होंगे, यह उनकी तसवीर देखकर पता नहीं चल रहा था। उनकी लम्बाई फेलूदा के बराबर थी। वे तसवीर में जितने दुबले-पतले दिख रहे थे, असल में उतने दुबले-पतले नहीं थे। बाल तसवीर से कहीं ज्यादा सफेद और उम्र के हिसाब से घने थे। सुना है शिकारी लोग जंगल में घंटों चुप्पी साधकर बैठे रहते हैं, हो सकता है ये लोग भी वैसा ही करते हों, लेकिन घर में बातें करते समय उनके गले से जिस तरह की भारी-भरकम तेजस्वी आवाज निकलती थी, यह आवाज सुनकर शायद बाघ भी एक बार घबरा जाता।

उन्होंने मेहमानबाजी करने के बाद जैसे ही हम लोगों को भीतर एक बड़े बैठकखाने में बैठाया, फेलूदा तुरन्त उनकी लेखन-क्षमता की प्रशंसा करते हुए बोले, "मैं केवल इन घटनाओं की बात नहीं कर रहा हूँ—ये तो 'बहुत ही अनोखी घटनाएँ' हैं, लेकिन मैं सोच रहा हूँ साहित्य में भी आपकी रचनाओं का एक विशेष स्थान है।"

नौकर ने आम का शरबत लाकर हम लोगों के सामने संगमरमर की नीची टेबिल पर रख दिया। महीतोष बाबू 'आइए' कहकर शरबतों की ओर अँगुली से इशारा करके सोफे पर टेक लगाकर बैठ गए। फिर पैर-पर-पैर रखकर बोले, "लेकिन आप शायद नहीं जानते मैंने अभी चार साल पहले ही लिखना शुरू किया है। लिखने की यह प्रतिभा शायद मेरे खून में थी। मेरे

पिता और पितामह दोनों ही साहित्य-चर्चा करते थे। हालाँकि उनके पहले भी किसी ने इस क्षेत्र में खास कुछ हासिल किया, मुझे ऐसा नहीं लगता। हम राजपूताना के क्षत्रिय हैं, जानते ही होंगे। किसी समय इनसानों के खिलाफ युद्ध किया करते थे, बाद में इनसानों को छोड़कर जानवरों के पीछे पड़ गए थे। वर्तमान में मजबूरन बन्दूक छोड़कर कलम पकड़नी पड़ी है।"

"वे क्या आपके पितामह हैं?"

हम लोगों की बाँईं तरफ दीवार पर टँगे एक तैल-चित्र की तरफ इशारा करके फेलूदा ने पूछा।

"वे ही आदित्यनारायण सिंहराय हैं।"

देखने लायक चेहरा था—चमकती हुई आँखें, जॉर्ज पंचम की तरह दाढ़ी-मूँछ, बाएँ हाथ में बन्दूक, दाहिना हाथ एक मेज पर रखकर सीना ताने खड़े होकर जैसे सीधे हम लोगों की तरफ देख रहे थे।

"मेरे पितामह के साथ बंकिमचन्द्र का पत्र-व्यवहार हुआ करता था, आप जानते हैं? पितामह उन दिनों कॉलेज में पढ़ते थे। 'बंगदर्शन' प्रकाशित हो रहा था। बंकिमचन्द्र की 'देवी चौधुरानी' उन्हीं दिनों प्रकाशित हुई थी, उसी सिलसिले में मेरे पितामह ने बंकिमचन्द्र को पत्र लिखा था।

'देवी चौधुरानी' तो इसी क्षेत्र की कहानी है, ठीक कह रहा हूँ न? फेलूदा बोले।

"हाँ, यह तो है ही," महीतोष बाबू बड़े उत्साह से बोले, "यही तिस्ता नदी, जिसे आप लोग पार करके आए हैं, कहानी की त्रिस्रोता नदी है, जिस पर देवी चौधुरानी का बजरा तैरता रहता था। लेकिन हाँ, बैकुंठपुर का वह जंगल अब नहीं रह गया है। सब चाय-बागान बन गए हैं। उस कहानी में जिस रंगपुर जिले की बात कही गई है, सौ साल पहले हम लोगों का यह जलपाईगुड़ी शहर उस रंगपुर जिले के ही अन्तर्गत था। बाद में जब पश्चिम डूवार्स नाम का नया जिला बना, तब जलपाईगुड़ी को उस जिले में शामिल कर दिया गया और रंगपुर अलग हो गया।"

"आप लोगों ने शिकार करना कब से शुरू किया?"

यह सवाल लालमोहन बाबू ने किया। महीतोष बाबू मुस्कराकर बोले, "वह भी एक अलग कहानी है। मेरे पितामह को कुत्तों का बड़ा शौक था। कहीं किसी अच्छे कुत्ते के बारे में उन्हें पता चलता था तो वे तुरन्त जाकर उसे खरीद लाते थे। उस तरह से हम लोगों के घर में पचास से अधिक कुत्ते इकट्ठे हो गए थे।

"देशी, विलायती, छोटे-बड़े-मझोले, निरीह, हिंस्र—सभी प्रकार के कुत्ते थे। उन कुत्तों में से एक भूटिया कुत्ता मेरे पितामह का सर्वाधिक प्रिय था। हम लोगों के इस इलाके में जलेश्वर का शिव मन्दिर है, आप लोग जानते ही हैं। कभी उस मन्दिर पर शिवरात्रि का बहुत बड़ा मेला लगता था। उस मेले में भूटिया लोग अपने यहाँ के कुत्ते बेचने के लिए लाते थे। झबरीले बालों वाले कुत्ते। मेरे पितामह ने भी उन्हीं लोगों से एक कुत्ता खरीदकर पाला था। अपने साढ़े तीन साल की उम्र में वह कुत्ता एक चीते का शिकार बन गया था। पितामह उस समय जवान थे। उन्हें सनक चढ़ गई कि वे बाघ की पूरी प्रजाति खत्म करके उसका बदला लेंगे। वे बन्दूक ले आए, बन्दूक चलानी सीखी। और क्या था—अपने बाईस साल के शिकारी जीवन में उन्होंने डेढ़ सौ से अधिक बाघों का शिकार किया। इसके अलावा भी उन्होंने और भी कितने जानवरों का शिकार किया इसकी कोई गिनती नहीं है।

"और आपने?"

यह सवाल भी लालमोहन बाबू ने ही किया था।

"मैं?" महीतोष बाबू गर्दन घुमाकर दाहिनी तरफ देखते हुए बोले, "तू ही बता न शशांक।"

एक सज्जन कब कमरे में आकर एक तरफ कुर्सी पर बैठ गए थे, पता ही नहीं चला था।

"टाइगर?" आगन्तुक ने मुस्कराकर कहा, "तुम शिकार—कहानी लिख रहे हो, तुम्हीं बताओ न।"

महीतोष बाबू इस बार हम लोगों की तरफ देखकर बोले, "मैं तीन अंकों की संख्या जरूर छू नहीं पाया हूँ लेकिन उससे बहुत पीछे भी नहीं हूँ। मैंने इकहत्तर बाघों का शिकार किया है। और तेंदुआ पचास से अधिक।

महीतोष बाबू ने उस नए व्यक्ति से हमारा परिचय कराते हुए कहा, "ये शशांक सान्याल हैं, मेरे बचपन के दोस्त। मेरा लकड़ी का व्यवसाय यही सँभालते हैं।"

दोनों के दोस्त होने से क्या हुआ, उनके व्यक्तित्व और व्यवहार में आश्चर्यजनक विरोधाभास था। शशांक बाबू लालमोहन बाबू की तरह छोटे कद तो नहीं थे लेकिन वे भी पाँच फीट सात-आठ इंच से अधिक लम्बे नहीं थे। रंग सामान्य था, धीमी आवाज में बोलते थे। उन्हें देखने से ही पता चल जाता था वे चुपचाप रहने वाले शान्त स्वभाव के व्यक्ति हैं। लेकिन दोनों में जरूर कोई-न-कोई सादृश्य होगा ही जो अभी तक स्पष्ट नहीं था, नहीं तो मित्रता कैसे हो सकती थी।

"तड़ित बाबू एक आदमखोर की चर्चा कर रहे थे। उसका अभी भी कुछ अता-पता है?" फेलूदा ने पूछा।

महीतोष बाबू कुछ और इतमीनान से बैठते हुए बोले, "आदमखोर—कहने से ही तो कोई आदमखोर नहीं होता। मैं अगर वहाँ होता तो देखकर पहचान लेता। लेकिन जिस जानवर ने भी इनसान का शिकार किया होगा उसने दूसरी बार नर-मांस के प्रति अपनी कोई रुचि नहीं दिखाई है।"

फेलूदा थोड़ा मुस्कराकर बोले, "अगर सचमुच वह आदमखोर होता तो निश्चित ही आप अस्थायी रूप से ही सही, कलम के बदले बन्दूक जरूर उठा लेते।"

"जरूर उठाता। अगर इलाके में कोई आदमखोर आतंक फैलाएगा, उपद्रव करेगा तो मुझे उसका प्रतिरोध करना ही पड़ेगा।"

हम लोग शरबत पी चुके थे। महीतोष बाबू बोले, "आप लोग थककर आए हैं, नौकर आप लोगों का कमरा दिखा देगा। आप लोग नहा-धोकर,

भोजन करके थोड़ा आराम कर लीजिए। शाम के समय मेरी जीप से आप लोगों को थोड़ा घुमा लाएगा। जंगल के बीच से सड़क गई है। हिरण वगैरह भी दिख सकते हैं। यहाँ तक कि हाथी भी नजर आ सकते हैं। तड़ित, जाओ तो, इन्हें 'ट्रॉफी रूम' दिखाकर सीधे इनके कमरे में पहुँचा दो।"

ट्रॉफी रूम मतलब बाघ, भालू, बाइसन, हिरण, मगर आदि की खालों और सिरों से भरा हुआ एक विशाल कमरा। कमरे की फर्श हो या दीवार, कहीं पर भी रत्तीभर जगह बाकी नहीं थी। इतने सारे जानवरों की इतनी जोड़ी पत्थरों की आँखें चारों तरफ से हम लोगों को इस तरह घूर रही थीं कि देखते ही एक डर पैदा हो जाता था, केवल जानवर ही नहीं, जिन हथियारों से जानवरों को मारा गया था, वे हथियार भी कमरे के एक तरफ की अलमारी में रखे हुए थे। दोनाली, एकनाली, चिड़ियाँ मारने वाली, बाघ मारने वाली, हाथी मारने वाली—न जाने कितने तरह की बन्दूकें रखी हुई थीं।

यह सब देखते-देखते फेलूदा ने तड़ित बाबू से पूछा, "क्या आपने भी शिकार किया है?"

तड़ित बाबू थोड़ा मुस्कराकर बोले, "कभी नहीं। आप तो जासूस हैं; मेरा चेहरा देखकर समझ नहीं पा रहे हैं?"

फेलूदा बोले, "शिकारी होने के लिए लम्बे-चौड़े व्यक्तित्व का होना कोई जरूरी तो नहीं है, उसके लिए तो हिम्मत की जरूरत होती है, आपके व्यक्तित्व में उसकी कोई कमी तो नजर नहीं आ रही है।"

"शायद ऐसा नहीं है, लेकिन शिकार में मेरी कोई रुचि नहीं है, मैं कलकत्ता के एक सामान्य मध्यवर्गीय परिवार का लड़का हूँ।"

शिकार वगैरह के बारे में कभी सोचा ही नहीं है। ट्राफी रूम से निकलकर बरामदे से पहली मंजिल की तरफ जाते-जाते फेलूदा ने पूछा, "शहर के होकर इस जंगल में कैसे पहुँच गए?"

तड़ित बाबू बोले, "पेट की खातिर। बी.ए. पास करके घर बैठा था। महीतोष बाबू ने सचिव के लिए अखबार में विज्ञापन दिया था। गैंने आवेदन कर दिया। साक्षात्कार के बाद नौकरी मिल गई।"

"यहाँ कब से हैं?"

"पाँच साल से।"

"शिकार न करने के बावजूद जंगल में आते-जाते तो होंगे ही।"

"मतलब?" तड़ित बाबू ने थोड़ा चौंककर फेलूदा की तरफ देखा।

"आपके दाहिने हाथ में खरोंच के तीन निशान हैं। लगता है कटे हुए पेड़ के तने से खरोंच आई है।"

तड़ित बाबू के भारी चेहरे पर हँसी फूट उठी थी—"आपकी पैनी नजर का परिचय मिल गया। कल ही ये खरोंच आई है, जंगल में घूमना मेरा नशा बन गया है।"

"बिना हथियार के ही?" अँधेरी सीढ़ी पर चढ़ते-चढ़ते फेलूदा बोले।

तड़ित बाबू शान्त भाव से बोले, "डरने की कोई वजह नहीं है। साँप और पागल हाथी के कारण थोड़ा सतर्क होकर चलना पड़ता है। जंगल में और कोई खतरा नहीं है।"

"लेकिन आदमखोर?" दबे स्वर में लालमोहन बाबू ने पूछा।

"उसके अस्तित्व का पता चल जाने पर मुझे जंगल में घूमने का नशा जरूर छोड़ना पड़ेगा।"

सीढ़ी चढ़कर बाईं तरफ एक दरवाजे से भीतर जाते ही हम लोग एक बहुत बड़े बरामदे पर पहुँच गए। बरामदे की बाईं तरफ रेलिंग थी और दाहिनी तरफ कमरे थे। सुना था पहला कमरा ही महीतोष बाबू का कार्यालय था, तड़ित बाबू दिन में यहीं बैठते थे। थोड़ा आगे जाकर बरामदा बाईं तरफ मुड़ गया था, यह पश्चिम दिशा थी। दाहिनी तरफ भी कमरे थे। इन्हीं में से एक कमरा हम लोगों के लिए निश्चित था। फेलूदा बोले, "इतने सारे कमरों में कौन रहता है?"

तड़ित बाबू बोले, "अधिकांश खाली रहते हैं। कमरे बन्द रहते हैं, पूर्व के बरामदे के एक कमरे में महीतोष बाबू रहते हैं। और एक कमरे में उनके भाई साहब देवतोष बाबू रहते हैं। शशांक बाबू का कमरा दक्षिण बरामदे में है। मेरा कमरा भी उसी तरफ है। और दो कमरे महीतोष बाबू के दो बेटों के हैं। दोनों ही कलकत्ता में नौकरी करते हैं। कभी-कभी आते हैं।"

अब हम लोगों की नजर हमारे सामने पूर्व के बरामदे पर बैगनी ड्रेसिंग गाउन पहने रेलिंग के पास खड़े एक व्यक्ति पर पड़ी, जो एकटक हम लोगों को देख रहे थे। फेलूदा बोले, "क्या वे ही महीतोष बाबू के भाई साहब हैं?"

तड़ित बाबू के कुछ कहने से पहले ही गम्भीर स्वर सुनाई दिया—"तुम लोगों ने राजू को देखा है, राजू को?"

देवतोष बाबू ने हम लोगों से ही यह सवाल किया था। इसी बीच वह सज्जन पूर्व के बरामदे से उत्तर के बरामदे में चले आए थे। वे हमें ही देख रहे थे। अब महीतोष बाबू से उनके चेहरे का साम्य साफ नजर आ रहा था। खासकर ठुड्डी के पास। तड़ित बाबू ने हमारी तरफ से जवाब दे दिया था—"नहीं, इन लोगों ने नहीं देखा है।"

"नहीं देखा है? और हुसैन? हुसैन को देखा है।"

वे धीरे-धीरे हमारी तरफ ही चले आ रहे थे। अब स्पष्ट नजर आ रहा था कि उनकी आँखें कमजोर थीं। उनके सभी बाल सफेद हो गए थे, और महीतोष बाबू की तरह घने भी नहीं थे। वे शायद अपने भाई की तरह ही लम्बे थे लेकिन झुक जाने के कारण उनकी लम्बाई पता नहीं चल रही थी।

तड़ित बाबू बोले, "नहीं, हुसैन को भी नहीं देखा है।" यह कहकर उन्होंने हम लोगों को कमरे के तरफ चले जाने का इशारा किया।

"नहीं देखा?" देवतोष बाबू हताश होकर बोले।

"नहीं?" तड़ित बाबू बोले, "ये लोग यहाँ नए हैं। ये कुछ नहीं जानते हैं।"

"राजू और हुसैन कौन हैं?" कमरे में पहुँचकर फेलूदा ने पूछा।

तड़ित बाबू हँसकर बोले, "राजू कालापहाड़ का दूसरा नाम है। और हुसैन है, हुसैन खाँ। गौड़ का सुलतान। दोनों ने बांग्लादेश में हिन्दुओं के बहुत सारे मन्दिरों को नष्ट कर दिया था, जल्पेश्वर मन्दिर का शिखर हुसैन खाँ ने ही तोड़ा था।"

"आप क्या इतिहास के छात्र थे?" फेलूदा ने पूछा।

"नहीं, साहित्य का छात्र था। महीतोष बाबू ने जलपाईगुड़ी का इतिहास लिखा है, इसीलिए उनके सचिव होने के नाते मुझे भी कुछ-कुछ जानकारी रखनी पड़ती है।"

तड़ित बाबू के चले जाने के बाद हम तीनों को पहली बार चैन से बैठने का मौका मिला। कमरा बढ़िया था। इस कमरे के दो दरवाजों के ऊपर दो हिरणों के सिर लगे थे।

दूसरे कमरे में जगह नहीं मिल पाने के कारण ही शायद इसी कमरे के फर्श पर दो पलंगों के बीच एक चीते के सिर समेत खाल हाथ-पाँव फैला कर मुँह के बल पड़ी हुई थी। हम तीन लोग थे, इस कारण दो पलंग और एक चारपाई जैसी कोई चीज जो शायद पहले यहाँ नहीं थी, यहाँ लेकर रखी गई थी। फेलूदा ने चारपाई देखकर कहा, "शिकार के वक्त मचान की तरह इसका इस्तेमाल हुआ था, अभी तक इस पर रस्सी बाँधने के निशान हैं। तोपशे, तू उस पर सो जाना।"

बिस्तरों पर मसहरियाँ लगी थीं, आठ इंच मोटे गद्दे बिछे थे, कढ़ाई किए हुए दो-दो तकिये थे, साथ में पैर तकिया भी। लालमोहन बाबू सब कुछ देखकर बोले, "तीन दिन आराम से ही कट जाएँगे। लेकिन उम्मीद करता हूँ कि भाई साहब राजू-बाजू का पता लगाने इधर ज्यादा नहीं आएँगे। फ्रैंकली स्पीकिंग, पागलों की मौजूदगी मुझे बहुत परेशान करती है।"

मैं भी यही सोच रहा था। लेकिन फेलूदा इसे लेकर ज्यादा परेशान नहीं दिख रहे थे। बक्से से सामान निकालते-निकालते केवल एक बार आँख उठाकर भौंहें सिकोड़कर बोले, "महीतोष बाबू हम लोगों से कैसा सहयोग चाहते हैं? अभी तक उस बारे में कुछ नहीं बताया है।"

3

तड़ित बाबू किसी काम में व्यस्त रहने की वजह से शाम को हमारे लिए खाली नहीं थे। उनके बदले महीतोष बाबू के मित्र शशांक सान्याल हम लोगों का साथ दे रहे थे। देखा, इतने दिनों में इन्होंने भी जंगल और जानवरों के बारे में बहुत कुछ जान लिया था। साढ़े चार बजे ही लगभग अन्धकार हो चुका था। उस अन्धकार में जंगल के रास्ते जीप से जाते-जाते उन्होंने कितने पेड़-पौधों और चिड़ियों की बोलियों से हम लोगों को परिचित करा दिया। आज से तीस साल पहले इस जंगल में बाघों की संख्या कितनी अधिक थी इसकी जानकारी भी उन्होंने हमें दी। पिछले तीस वर्षों से वे सज्जन लक्ष्मणबाड़ी में रह रहे थे। वे मूलत: कलकत्ता के रहने वाले थे। स्कूल और कॉलेज में महीतोष बाबू के साथ पढ़ते थे।

एक नदी के किनारे पहुँचकर हमारी जीप रुकी, तब तक सूरज ढल चुका था। शशांक बाबू बोले, "क्या एक बार उतरकर देखना चाहते हैं? चलती गाड़ी से देखकर आप जंगल को पूरी तरह नहीं समझ सकेंगे।"

गाड़ी से उतरते ही हम समझ गए कि जंगल कितना घना और सुनसान था। घोंसलों में लौटती हुई चिड़ियों के चहचहाने और नदी की कल-कल ध्वनि के अतिरिक्त कोई ध्वनि यहाँ नहीं थी। अगर हम लोगों के पास बन्दूक नहीं होती तो डर ही लगता। जिनके पास बन्दूक थी, वे यहाँ के माने हुए पेशेवर शिकारी थे। उनका नाम था माधवलाल। पहले जब परदेशी शिकारी

यहाँ शिकार के लिए आते थे तब माधवलाल उनके लिए गाइड का काम करते थे। किस रास्ते से बाघ आते-जाते हैं, किस पेड़ पर मचान लगाना उचित होगा, किस जानवर के पुकारने का क्या मतलब है, यह सब कुछ माधवलाल ही उन्हें बताते थे। पचास साल की उम्र का बलिष्ठ शरीर, बदन में चरबी नाम मात्र को नहीं थी।

हम लोग जीप से उतरकर थोड़ा आगे जाकर नदी के किनारे रेत और कंकड़ों पर खड़े हो गए। कुछ इधर-उधर की बातों के बाद फेलूदा ने शशांक बाबू से पूछा, "देवतोष बाबू का दिमाग कैसे खराब हो गया?"

शशांक बाबू बोले, "उनके परिवार में पहले कोई पागल नहीं हुआ। महीतोष बाबू के पितामह का भी संयोग से अन्तिम दिनों में दिमाग खराब हो गया था।"

"ऐसा हुआ था, तो फिर शिकार की बातें...?"

"सब कुछ छूट गया था। उनके पास से बन्दूक वगैरह सब हटा लिया गया था। अचानक एक दिन बैठक की दीवार पर लटकती हुई एक पुरानी तलवार लेकर जंगल में बाघ मारने निकल पड़े थे। स्कूल में इतिहास की किताब में आपने तो शेरशाह के बारे में पढ़ा है न, जिन्होंने जिन्दगी के अन्तिम चरण में तलवार के एक वार से शेर का सिर काटकर शेरशाह की उपाधि पाई थी—पागलपन की स्थिति में आदित्यनारायण के मन में भी शेरशाह बनने का शौक जागा था।"

"उसके बाद?" लालमोहन बाबू ने आँखें गोल-गोल करके दबे स्वर में यह सवाल किया।

"फिर दुबारा घर नहीं लौटे। एक मात्र तलवार को छोड़कर बाकी सब कुछ बाघ के पेट में चला गया था।"

ठीक उसी समय किसी जानवर की आवाज सुनकर लालमोहन बाबू उछलकर लगभग तीन हाथ पीछे चले गए। शशांक बाबू हँसते हुए बोले,

"आप एडवेंचर पर इतनी किताबें लिखते हैं और एक लोमड़ी की आवाज सुनकर आपकी यह हालत हो गई?"

"अरे भाई, लेखक हूँ न, इसीलिए मेरी कल्पनाशक्ति थोड़ी ज्यादा है, आप बाघ की चर्चा कर रहे थे और मैं पीले रंग के किसी जानवर को उधर झाड़ियों के पीछे जाते हुए देख रहा था।"

"अभी तक गया नहीं है, लेकिन जल्द ही जा सकता है।" यह बात शशांक बाबू थोड़े दबे स्वर में बोले।

"यह क्या बार्किंग डियर की आवाज थी?" फेलूदा ने भी फुसफुसाकर पूछा।

रह-रह कर किसी जानवर के बोलने की आवाज आ रही थी, काफी हद तक कुत्तों के भौंकने की तरह।

बाघों की आहट पाते ही बार्किंग डियर या काकर हिरण बोल उठते हैं, यह बात मैंने फेलूदा से सुन रखी थी। शशांक बाबू ने गर्दन हिलाकर 'हाँ' कहकर हम लोगों को जीप पर बैठने का इशारा किया। हम लोग चुपचाप जाकर अपनी-अपनी जगह बैठ गए थे। अन्धकार और गहरा हो गया था। हिरण फिर बोल उठे। जीप का हुड गिरा दिया गया था, जिस कारण आसपास कोई जानवर होने से हम सब उसे देख सकते थे। मेरा दिल धड़क रहा था। माधवलाल भी हमारी जीप के पास आकर खामोश खड़े हो गए। लालमोहन बाबू ने एक बार मेरा हाथ पकड़ लिया। मैंने महसूस किया कि उनका हाथ बर्फ की तरह ठंडा था।

लगभग छह बजे तक साँस रोककर इन्तजार करने के बावजूद किसी जानवर के न आने से हम घर वापस चले आए।

शाम के समय देखते-देखते पश्चिम के आसमान में बादल छा गए। बिजली लगातार कौंध रही थी, हम लोग खिड़की के सामने खड़े होकर यही नजारा देख रहे थे। इतने में दरवाजे पर आहट हुई। दरवाजा खुला ही था। पीछे मुड़कर देखा, महीतोष बाबू खड़े थे।

महीतोष बाबू ने भारी आवाज में पूछा, "सफर कैसा रहा?"

लालमोहन बाबू बच्चों की तरह चीखकर बोले, "और थोड़ा होता तो हम लोगों को बाघ दिख जाता।"

"आज से दस साल पहले आते तो जरूर देखते," महीतोष बाबू बोले, "आज आप बाघ नहीं देख पाए इसके लिए हम जैसे शिकारी ही जिम्मेदार हैं। शिकार को लोग खेल-कूद समझते थे न! आज से नहीं, आदिकाल से, पौराणिक काल से राजा शिकार खेलने जाते रहे हैं, मुगल बादशाह भी जाते थे। वर्तमान में दो सौ सालों से हमारे ऊपर राज करने वाले अंग्रेज शासक भी जाते थे। हम लोग भी गए हैं। दो हजार वर्षों से तीर और बन्दूक का निशाना बनकर कितने जानवर मारे गए हैं, क्या आप सोच सकते हैं! इसके अलावा सरकस और चिड़ियाखानों के लिए कितने जानवर पकड़े गए हैं, किसी ने इसकी कोई गिनती की है?"

फेलूदा ने महीतोष बाबू की तरफ कुर्सी बढ़ा दी। महीतोष बाबू बोले, "मैं बैठूँगा नहीं, आपको कुछ दिखाने आया हूँ। चलिए, मेरे पितामह के कमरे में। कमरा देखकर आपको अच्छा लगेगा।

महीतोष बाबू के पितामह का कमरा उत्तर दिशा के बरामदे के उत्तर-पूर्व कोने पर था। उनके कमरे की तरफ जाते-जाते फेलूदा बोले, "आपके पितामह के अन्तिम दिनों में पागल हो जाने के बारे में शशांक बाबू से सुना है।"

महीतोष बाबू हँसते हुए बोले, "पागल होने से पहले साठ वर्ष की आयु तक उनके समान तेज याददाश्त वाला व्यक्ति मैंने अपनी जिन्दगी में बहुत कम देखा है।"

"जिस तलवार से वह बाघ मारने गए थे वह अभी भी है?"

"वह पितामह के कमरे में ही है। चलिए, दिखाता हूँ।"

आदित्यनारायण सिंहराय के कमरे के तीनों तरफ की दीवारों की अलमारियाँ किताबों, जरूरी कागजातों और अखबारों से भरी हुई थीं। दूसरी तरफ की दीवार के सामने दो तिजोरियाँ और काँच की एक अलमारी थी। अलमारी में इतनी तरह की छोटी-मोटी चीजें रखी थीं, जिन्हें एक बार देखकर याद रखना नामुमकिन था। बाघ के नाखून, गैंडे की सींग, हाथी के दाँत, धातु की छोटी-बड़ी मूर्तियाँ, पत्थर जड़े भूटानी आभूषण, उनके प्रिय भूटानी कुत्ते के गले का पट्टा—उसमें भी लाल, नीले, पीले पत्थर जड़े थे। इनके अतिरिक्त चाँदी की एक कलम और एक दवात थी। मुगलों के जमाने

की दूरबीन और दो मुर्दों की खोपड़ियाँ थीं। ऊपर के सेल्फ पर रखी इन सब चीजों की बात हम लोगों को याद है। नीचे के दो सेल्फ केवल हथियारों से भरे हुए थे। तीन सौ साल पुरानी नक्काशीदार पिस्तौल, आठ छुरे, भुजाली और खुकरी और एक तलवार थी। यही तलवार लेकर आदित्यनारायण बाबू बाघ मारने गए थे। दिमाग खराब नहीं होने पर कोई ऐसा नहीं करेगा क्योंकि तलवार खास बड़ी नहीं थी। बीकानेर के किले मे राजपूत राजाओं की जो तलवारें मैंने देखी थीं, वे इस तलवार से काफी बड़ी और भारी थीं।

इसी बीच महीतोष बाबू एक तिजोरी खोलकर उसमें से हाथी दाँत का एक नक्कशीदार छोटा बक्स निकाल लाए थे। अब उसमें से तह किया हुआ एक कागज निकालकर बोले, "जासूसों की बहुत तरह की क्षमताओं के बारे में सुना है। क्या आप इस पहेली का अर्थ निकाल सकते हैं मिस्टर मित्तिर?"

फेलूदा बोले, "किसी समय इस बात में काफी रुचि थी, इतना जरूर कह सकता हूँ।"

फेलूदा ने 'सोने का किला' में एक अँग्रेजी पहेली का अर्थ निकाला था। बांग्ला और अँग्रेजी में पहेलियों की बहुत सारी किताबें उनके पास हैं और 'विदग्ध मुखमंडलम्' नाम की संस्कृत पहेली की एक किताब भी उनके पास है। महीतोष बाबू वह कागज फेलूदा को पकड़ाते हुए बोले, "आप लोगों के तीन दिनों तक रहने की बात है, अगर इसी बीच इसका समाधान नहीं निकल सका तो और तीन दिनों का समय दे सकता हूँ। उसके बाद नहीं।"

आखिरी बातें कहते समय उनके स्वर में एक अद्भुत परिवर्तन देखने को मिला था, जो मैं लिखकर व्यक्त नहीं कर सकता। लेकिन इतना तो समझ ही सकता था कि महीतोष बाबू के भीतर एक कठोर इनसान है और वह इनसान कभी-कभी बाहर आ जाता है, जैसे अभी बाहर आ गया था।

उनकी आवाज के साथ-साथ उनकी नजरें भी बदल गई थीं। उनके सामान्य होने से पहले ही फेलूदा बोले—

"और अगर सफल हो गया तो?"

फेलूदा ने कठोरता से यह सवाल पूछा था ऐसा तो नहीं था, यहाँ तक कि कहते समय उनके होंठों पर एक मुस्कान भी थी; लेकिन इतना साफ हो गया था कि महीतोष बाबू के भीतर के कठोर इनसान का सामना करने में फेलूदा समर्थ हैं।

महीतोष बाबू सहज भाव से हँसते हुए बोले, "अगर आप सफल हुए तो मैं अपने शिकार किए हुए एक बड़े बाघ की खाल आपको उपहार में दूँगा।"

आजकल के जमाने में रॉयल बंगाल टाइगर की खाल कोई मामूली चीज नहीं है, मैं यह जानता था।

महीतोष बाबू के हाथ से वह कागज लेकर उस पर मोती जैसे अक्षरों में लिखी उस पहेली को फेलूदा ने एक बार बुदबुदाकर पढ़ा—

मूड़ो हॅय बूड़ो गाछ
हात गोन भात पाँच
दिक पाउ ठीक-ठीक जवाबे।
फाल्गुन ताल जोड़
दूई माझे भूँई फोड़
सन्धाने धन्दाय नॅवाबे॥

(बूढ़े पेड़ को ऊपर से छाँटकर, पाँच चावल हाथ से मिलाने के बाद सही जवाब की राह मिल सकती है। फाल्गुन में दो जोड़े ताड़ वृक्षों के बीच से धरती फोड़कर सिर उठाते हैं। ऐसी चीज जिसके हाथ में आने पर नवाब भी चकाचौंध हो जाएगा।)

"आपके पितामह ने क्या इस पहेली में किसी गुप्तधन का संकेत दिया है?" फेलूदा ने पूछा।

"आपको क्या ऐसा लगता है?"

"आखिरी पंक्ति में तो इसी तरह का संकेत मिलता है। सन्धाने धन्दाय नॅवाबे। ऐसी चीज जिसे पाकर नवाब का मन भी चकाचौंध हो जाएगा।, धन-दौलत का मामला ही लगता है। हालाँकि आपके पितामह उस तरह के व्यक्ति थे या नहीं, यह भी एक पहेली है। सभी तो पहेली लिखकर अपना धन छुपाकर नहीं रखते हैं।"

"पितामह कुछ भी कर सकते थे। वह शुरू से ही खामखयाली में रहने वाले आदमी थे। उन्हें रंग-तमाशा अच्छा लगता था। प्रैक्टिकल जोक्स पसन्द करते थे। बचपन में उन्होंने अपने घर के बड़े लोगों से नाराज होकर आधी रात में उठकर सबके जूते-चप्पल, खड़ाऊँ, नागरा ताड़ की फुनगी पर लटका दिए थे। अगर यह गुप्तधन का संकेत है तो फिर इसे भी उनकी खामखयाली का एक नमूना ही कहा जा सकता है। मुद्दे की बात है कि आप...क्या चाहिए तड़ित?"

तड़ित बाबू कब दरवाजे पर आकर खड़े हो गए थे पता ही नहीं चला था। वह शान्त भाव से बोले, "चरिताभिधान (चरित्र-कोष) ले गया था, रखने आया हूँ।"

"ठीक है, रख दो, और प्रूफ देख लिया है?"

"जी हाँ।"

"तो फिर कल अपने साथ ले जाना। प्रूफ में इतनी गलतियाँ क्यों रहती हैं, इसके लिए भी थोड़ा डाँट देना।"

तड़ित बाबू हाथ की किताब अलमारी की एक खाली जगह में रखकर चले गए।

महीतोष बाबू बोले, "तड़ित कल सात दिनों के लिए कलकत्ता जा रहा है, उसकी माँ बीमार हैं।"

फेलूदा की नजर अभी भी पहेली पर ही टिकी थी, बोले, "इस पहेली के बारे में और कौन-कौन जानता है?"

महीतोष बाबू कमरे की बत्ती बुझाकर दरवाजे की तरफ जाते-जाते बोले, "अभी दस दिन पहले ही यह पहेली मिली है। अपने परिवार का इतिहास लिखने के लिए मैं पुराने बक्से आदि से कागज वगैरह निकाल रहा था। एक स्टील के ट्रंक में पितामह की चिट्ठियाँ थीं। फीते से बँधी चिट्ठियों के नीचे से यह बक्सा मिला था। असल में, इसके बारे में हम जितने लोग जानते हैं, मतलब मैं, शशांक और मेरा सचिव—इसका अर्थ निकालना हममें से किसी के बस की बात नहीं है। इसके लिए अलग प्रतिभा की जरूरत है। भाषा के दाँव-पेच को समझनेवाला चाहिए। यह प्रतिभा आपके पास है या नहीं, यही असली बात है।"

फेलूदा ने वह कागज उन्हें लौटा दिया।

"अरे, यह क्या, आप हिम्मत हार गए?" महीतोष बाबू उतावले होकर बोले।"

फेलूदा हँसते हुए बोले, "नहीं, यह मुझे याद हो गया है, कमरे में जाकर कॉपी में उतार लूँगा। यह आप लोगों की मूल्यवान पारिवारिक सम्पत्ति है, इसे आप अपने पास ही रखिए।"

4

"**आपके** तो बड़े मजे हैं। लगता है, बाघ की खाल आप लेकर ही रहेंगे, और मैं?"

थोड़ा हताश होकर ही लालमोहन बाबू ने यह बात कही थी। लगभग एक घंटे पहले हम लोगों का खाना-पीना खत्म हो गया था। फिर नीचे बैठक में बैठकर महीतोष बाबू से शिकार की तरह-तरह की रोमांचक कहानियाँ सुनने के बाद अभी थोड़ी देर पहले ही हम अपने कमरे में आए थे। लालमोहन बाबू की बातों के जवाब में फेलूदा बोले, "क्यों, जो भी पहेली हल करेगा उसे ही बाघ की खाल मिलेगी, खाल का हकदार वही होगा। इसीलिए आप भी ताल ठोककर कोशिश कर सकते हैं। आप तो साहित्यकार हैं। भाषा पर आपका नियन्त्रण है। आप भाषा की बारीकियों के जानकार हैं।"

"अरे महाशय, भाषा पर दखल होने का मतलब पहेली पर दखल होना तो नहीं है। महीतोष बाबू भी तो साहित्यकार हैं। वह हिम्मत क्यों हार गए? नहीं महाशय, वह सब मूड़ो बुड़ो गाछ माछ, ताल फाँक भूँई फाँक—यह सब मेरे बस का नहीं है। बाघ की खाल आपके भाग्य में ही लिखी है। वाकई वे इसे दे देंगे?"

लालमोहन बाबू ने जमीन पर बिछी चीते की खाल की तरफ इशारा किया। फेलूदा बोले, महाशय जी ने एक बड़े बाघ की खाल देने का वायदा

किया है, आपने नहीं सुना? इन सब चीतों-वीतों में मेरी कोई दिलचस्पी नहीं है।"

फेलूदा ने इसी बीच उस पहेली को याद से अपनी कॉपी में लिख लिया था। पलंग पर बैठकर वे उसे ही एकटक देख रहे थे।

"कुछ प्रगति हुई है, कुछ समझ में आ रहा है?" लालमोहन बाबू ने पूछा।

फेलूदा ने उस कॉपी से नजर हटाए बिना ही कहा, "किसी गुप्तधन का संकेत है इसमें तो कोई शक नहीं है।"

"कैसे समझे? वह मूड़ो-बूड़ो का क्या मतलब है?"

"वह अभी पूरी तरह समझ नहीं पाया हूँ लेकिन इतना तो समझ ही गया हूँ कि वह एक पेड़ के प्रति संकेत है। मूड़ो हॉय बूड़ो गाछ। फिर लिखा है—हात गोन भात पाँच। यहाँ पर हाथ इम्पॉर्टेंट है। सामान्यत: ऐसी पहेलियों में एक विशेष जगह का संकेत रहता है। फिर वहाँ से किस दिशा में कितना दूर जाने पर गुप्तधन मिलेगा, यह बताया जाता है। रवीन्द्रनाथ का 'गुप्तधन' तो पढ़ा ही होगा?—तेतूल बॉटेर कोले, दक्षिणे जाओ चोले, ईशान कोने-गशानी, बोले दिलाम निशानी।" उसी तरह इस संकेत में भी हाथ शब्द मिलता है, दिक (दिशा) शब्द मिलता है। इसीलिए कह रहा था..."

फेलूदा अपनी बात पूरी नहीं कर पाए क्योंकि तभी कमरे में एक और व्यक्ति आ गए।

देवतोष सिंहराय।

सुबह की वही बैंगनी ड्रेसिंग गाउन पहने हुए थे, अस्वाभाविक आँखें, लगा जैसे वे सब को शक की नजरों से देख रहे हैं। देवतोष बाबू सीधा लालमोहन बाबू की तरफ देखकर बोले, "तुम लोग क्या भोटराजा के आदमी हो?"

लालमोहन बाबू का चेहरा फीका पड़ गया। किसी तरह थूक निगलकर बोले, "भ-भोट मतलब आप भ्-भोटिंग—मतलब इलेक्शन—?"

"नहीं, वह शायद भूटान के राजा की बात कर रहे हैं?"

फेलूदा की यह बात सुनकर देवतोष बाबू की नजर फेलूदा की तरफ चली गई, और लालमोहन बाबू को एक असहज स्थिति से मुक्ति मिल गई।

"पता चला था भोटिया लोग फिर आ रहे हैं?" देवतोष बाबू ने यह सवाल फेलूदा से ही किया था। फेलूदा सहजता से बोले, "मैंने तो ऐसी कोई बात नहीं सुनी है, लेकिन आजकल जब चाहे कोई भूटान आ-जा सकता है।"

"अच्छा ऐसी बात है?"

लगा, देवतोष बाबू आज पहली बार यह बात सुन रहे हैं।

"चलो अच्छा हुआ, उपेन्द्र की भूटान नरेश ने बहुत मदद की थी। उनके कारण ही नवाब सेना कुछ नहीं कर पाई थी। वे लड़ना जानते हैं। लेकिन क्या सभी जानते हैं?" देवतोष बाबू एक गहरी साँस लेकर बोले, "हथियार क्या सभी उठा सकते हैं? सब क्या आदित्य नारायण बन सकते हैं?"

अपनी बात खत्म करके देवतोष बाबू दरवाजे की तरफ दो कदम आगे बढ़कर रुक गए, फिर फर्श पर पड़ी खाल की तरफ देखकर एक बड़ी अनोखी बात कही—

"युधिष्ठिर के रथ का पहिया, जमीन स्पर्श नहीं करता था। लेकिन आखिरकार स्पर्श हो ही गया।"

उनके जाने के बाद हम लोग कुछ देर चुप बैठे रहे। फिर फेलूदा ने दबी जबान से कहा, "खड़ाऊँ पहनते हैं। उसमें रबर का साइलेंसर लगा था।"

इसके बाद रात में एक-के-बाद-एक अनेक घटनाएँ घटीं। मैं सिलसिलेवार सही तरीके से वे सभी घटनाएँ लिखने की कोशिश कर रहा हूँ। बाहर बरामदे में सीढ़ी के दरवाजे के पास एक 'ग्रांडफादर क्लॉक' रहने के कारण घटनाओं के समय का अन्दाज लगाने में दिक्कत नहीं हुई थी।

पहले ही यह कह दूँ कि सोने के लिए गद्दे, तकिये का बढ़िया इन्तजाम था लेकिन एक बात में गड़बड़ी रह जाने के कारण पहली रात की नींद का मजा किरकिरा हो गया था। दरअसल हम तीनों की मच्छरदानी में सुराख थे। इसलिए मच्छरदानी लगाने के दस मिनट के अन्दर ही उसमें मच्छरों ने घुसकर हम लोगों की नींद हराम कर दी थी। फेलूदा के पास हमेशा ओडोगास क्रीम रहती है। आखिर उसे लगाकर थोड़ी देर के लिए चैन मिला था। बाहर घड़ी में ढंग-ढंग करके ग्यारह बजा था। दिन में बादल छाये थे लेकिन रात में खिड़की से चाँद की रोशनी कमरे में आ रही थी। अभी आँखें लग ही रही थीं कि एक परिचित आवाज को किसी को हड़काते हुए सुना—

"मैं आखिरी बार कह रहा हूँ, इसका नतीजा अच्छा नहीं होगा।"

यह आवाज महीतोष बाबू की थी। जवाब में किसने क्या कहा, यह समझ में नहीं आया। उसके बाद एकदम सन्नाटा छा गया। मेरी बाईं तरफ लालमोहन बाबू की मच्छरदानी के भीतर से खर्राटे की आवाज आनी शुरू हो गई थी। मैंने दाहिनी तरफ फेलूदा के बिस्तर की तरफ देखकर दबे स्वर में कहा, "सुना आपने?"

फेलूदा गम्भीर होकर दबे स्वर में बोले, "सुना है। अब सो जा।" मैं चुप हो गया।

कुछ ही समय में शायद सो भी गया। जब मेरी आँखें खुलीं, उस समय भी कमरे में चाँदनी थी, लेकिन रह-रहकर बादल भी गरज रहे थे। बादलों की एक लम्बी गड़गड़ाहट के रुकने के बाद एक दूसरी आवाज सुनाई

पड़ी। घुट-घुट...घुट-घुट...। आवाज लगातार नहीं, रुक-रुककर आ रही थी, कभी आवाज हो रही थी, कभी रुक रही थी और बीच-बीच में बादलों के गर्जन में दब जाती थी। फेलूदा के बिस्तर की तरफ मुड़कर कान लगाते ही उनके जोर से खर्राटे की आवाज सुनाई दी। वे सो रहे थे।

लेकिन लालमोहन बाबू के खर्राटे क्यों बन्द हो गए थे? उनके बिस्तर की तरफ मुड़कर देखा, दोहरी मच्छरदानी के पीछे से कुछ नजर नहीं आ रहा था। लेकिन उनके पलंग की तरफ से एक हल्की आवाज आ रही थी। यह आवाज मेरी परिचित आवाज थी। 'अटैची रहस्य' के वक्त शिमला की जमी बर्फ में लालमोहन के पैरों के पास एक पिस्तौल की गोली धँस जाने पर लालमोहन बाबू के दाँत लग जाने से ऐसी ही आवाज निकली थी।

साथ में वह आवाज भी कानों में आई—घुट...घुट-घुट...घुट-घुट...

मैंने गरदन टेढ़ी करके नीचे की ओर देखा, जिससे मच्छरदानी थोड़ी हिलते ही लालमोहन बाबू शायद समझ गए थे कि मेरी आँखें खुल गई हैं। वे एक विकट दबे घुड़घुड़ाते हुए स्वर में बोले, "त-तपेश-बा-बाघ!"

बाघ का नाम सुनते ही मेरी नजर फर्श पर बिछी खाल की तरफ चली गई थी और मैंने जो कुछ देखा उससे मेरी हालत खराब हो गई थी।

चाँदनी चीते के सिर पर पड़ रही थी, और मैं स्पष्ट देख रहा था सिर रह-रहकर इधर-उधर हिल रहा है और इसी के कारण 'घुट-घुट' आवाज हो रही थी।

मुझसे अब रहा नहीं गया। 'जो है तकदीर में देखा जाएगा', सोचकर फेलूदा का नाम लेकर दबे स्वर में चीख पड़ा था। फेलूदा की नींद कितनी भी गहरी क्यों न हो, वह एक आवाज में जग जाते हैं और जागते ही चैतन्य हो जाते हैं। उन पर नींद का कोई असर भी नहीं रहता है!

"क्या हुआ? चिल्ला क्यों रहा है?"

"मेरी स्थिति भी कमोबेश लालमोहन बाबू की तरह ही थी। मैं किसी तरह से थूक निगलकर बोला, फर्श...बाघ।"

फेलूदा ने मच्छरदानी से निकलकर चीते के हिलते हुए सिर की तरफ कुछ समय तक बड़े ध्यान से देखा, फिर बेफिक्र होकर उसके पास जाकर चीते की ठुड्डी पकड़कर ऊपर उठाते ही उसके नीचे एक गुबरैला निकल आया। फेलूदा बड़े इत्मीनान से दो अँगुलियों से कीड़े को उठाकर बोले, "इस कीड़े की आसुरी शक्ति के बारे में क्या तुम लोग नहीं जानते हो? इस कीड़े को भारी-भरकम काँसे की कटोरी से ढक देने पर भी यह उसे खिसकाकर सारे घर में चक्कर काट सकता है।

डर का कारण इतना मामूली था, इसे जान लेने के बाद पसीना वगैरह अपने आप सूख जाता है। मेरे और लालमोहन बाबू के साथ ऐसा ही हुआ, उधर फेलूदा कीड़े को उठाकर खिड़की से बाहर फेंककर वहीं खड़े थे। इतनी गहरी रात में फेलूदा वहाँ क्या देख रहे थे, यही सोच रहा था। इतने में फेलूदा बोले, "तोपशे, देख जरा।"

मैं और लालमोहन बाबू जाकर फेलूदा के पास खड़े हो गए।

पहले ही कहा है पश्चिम दिशा घर का पिछवाड़ा था। और यहाँ खड़े होने से कालबुनी का जंगल साफ नजर आता था। इन कुछ ही मिनटों में बादलों ने चाँद को छुपा लिया था। रह-रहकर बिजली कौंध जरूर रही थी, लेकिन उसके अतिरिक्त एक और रोशनी देखकर आश्चर्य हो रहा था। वह रोशनी जंगल में घूमती नजर आ रही थी। वह टॉर्च की रोशनी थी।

'हाईली स्पीशस मामला है!' लालमोहन बाबू फुसफुसाकर बोले।

अचानक बिजली चमक उठी।

अचानक आँखें चौंधिया देने वाली विद्युत की चमक के साथ एक कानफोड़ू आवाज आई, साथ ही पानी की मोटी-मोटी बूँदें गिरने लगीं। पश्चिम दिशा से ही पानी की बौछारें आ रही थीं। इसीलिए दोनों खिड़कियों

के शीशे बन्द कर देने पड़े। फेलूदा बोले, "एक बज गया है। सो जाओ। कल सुबह तो जल्पेश्वर का मन्दिर भी देखने जाना है।"

हम तीनों फिर से अपनी-अपनी मच्छरदानी में घुस गए।

खिड़कियों के शीशे रंगीन होने की वजह से बिजली कौंधने से कमरे में इन्द्रधनुषी रंग बिखर रहे थे। रंगों की वही छटा देखते-देखते हम कब सो गए, पता नहीं चला।

5

दूसरे दिन सुबह लगभग सात बजे हम लोगों की आँखें खुलीं। हालाँकि फेलूदा ने हम सबसे पहले उठकर अपना योग-व्यायाम, दाढ़ी बनाना आदि काम पूरा कर लिया था। तय था सुबह आठ बजे तड़ित बाबू आकर हम लोगों को जल्पेश्वर का मन्दिर घुमा लाएँगे। महीतोष बाबू के तीन नौकरों में से जिसका नाम कनाई था, वह साढ़े सात बजे के बाद आकर हम लोगों को चाय दे गया। फेलूदा चाय की प्याली हाथ में लेकर गोद में रखी अपनी खुली कॉपी की ओर देखते हुए मन-ही-मन बुदबुदा उठे—"धन्य हैं आदित्यनारायण। वाकई आपके दिमाग की सराहना करनी होगी।"

फेलूदा उसी तरह बुदबुदाकर बोले, "हात गोन भात पाँच। भात मतलब अन्न और पाँच हुआ पंच। दोनों को पलटकर सन्धि करने से बनता है पंचान्न। अर्थात पचपन हाथ। वाह!...लेकिन कहाँ से पचपन हाथ? क्या बूढ़े पेड़ से? हाँ, यही होगा...यही होगा...।"

फेलूदा चुप हो गए। मुझे लग रहा था वे दो दिनों में ही इस पहेली का अर्थ निकाल लेंगे और बाघ की खाल हसिल कर लेंगे।

बरामदे की घड़ी में कुछ पल पहले ही आठ बज चुके थे लेकिन तड़ित बाबू अभी तक क्यों नहीं पहुँचे थे? मगर फेलूदा का इस ओर ध्यान नहीं था। वे पूरी तरह पहेली में खोए हुए थे और रह-रहकर न जाने क्या बुदबुदा रहे थे।

"ठीक-ठीक जवाब...ठीक-ठीक जवाब...। मगर किसका जवाब। प्रश्न कहाँ है कि उसका जवाब होगा। दिक पाओ ठीक-ठीक जवाबे... ठीक-ठीक जवाबे...।"

इस बार फेलूदा की बड़बड़ाहट बन्द होने के पहले ही दरवाजा खटखटाकर एक सज्जन कमरे में दाखिल हुए। वे तड़ित बाबू नहीं, शशांक बाबू थे।

"आप लोग...चाय पी रहे हैं? ओह...।"

उनका चेहरा देखकर ही समझा गया, कुछ गड़बड़ है, फेलूदा कॉपी रखकर खड़े हो गए।

"क्या बात है?"

शशांक बाबू गला खखारकर अनमने भाव से बोले, "एक बुरी खबर है। तड़ित बाबू मतलब महीतोष के सचिव मारे गए हैं।"

"आप क्या कह रहे हैं? क्या हुआ था? कल रात में ही तो...।"

फेलूदा ने यह बात कही, लेकिन हम तीनों ही समान रूप से चकित थे। शशांक बाबू बोले, "तड़ित बाबू कल रात, पता नहीं क्यों, कालबुनी की तरफ गए थे। अभी कुछ देर पहले ही उनका शव मिला है। एक लकड़हारे ने देखकर तुरन्त हमें सूचना दी।"

"कैसे मारे गए?"

"कन्धे का काफी गोश्त खाया हुआ है, लगता है यह काम बाघ का है।"

यानी कि आदमखोर! मेरे हाथ-पैर अब ठंडे हो रहे थे। लालमोहन बाबू कमरे के बीच में खड़े थे, तीन कदम पीछे जाकर टेबुल से टिककर खड़े हो गए। फेलूदा का चेहरा भयानक गम्भीर हो चुका था।

शशांक बाबू बोले, "आप लोगों के यहाँ आते ही, दुर्भाग्य से यह घटना घट गई। समझ ही सकते हैं अब हम लोगों को इसी में व्यस्त रहना होगा। अभी एक बार मुझे घटनास्थल पर जाना पड़ेगा?"

"क्या हम लोग भी साथ चल सकते हैं?"

यह प्रश्न सुनकर शशांक बाबू ने एक बार फेलूदा को देखा फिर हम दोनों पर नजर डालकर बोले, "आप तो जासूस हैं, आप अभ्यस्त हैं, लेकिन ये दोनों...।"

"वे दोनों गाड़ी में ही बैठे रहेंगे।"

वह सहमत हो गए। बोले, "तो फिर अगर आप लोग तैयार हैं तो चलिए। दो जीप हैं, एक में आप तीनों बैठ जाइएगा।"

"साथ में बन्दूक रहेगी?"

यह सवाल मैं भी पूछने वाला था, लेकिन पूछा लालमोहन बाबू ने। स्थिति सामान्य होती तो इस तरह का सवाल सुनकर शशांक बाबू शायद हँसते लेकिन अभी गम्भीर होकर बोले, "रहेगी। वैसे तो दिन में कोई खतरा नहीं है फिर भी साथ रहेगी।"

जीप में जाते-जाते मैं इस भयंकर घटना के बारे में ही सोच रहा था। कल ही हमारे साथ तड़ित बाबू की इतनी लम्बी बातचीत हुई थी और रातों रात वे बाघ के शिकार बन गए। इतनी रात तक वे जंगल में क्या कर रहे थे? तो क्या कल रात जंगल में जो रोशनी देखी थी वह तड़ित बाबू की टॉर्च की थी?

हम लोगों की जीप के आगे-आगे दूसरी जीप जा रही थी। उस जीप में महीतोष बाबू, शशांक बाबू, यहाँ के वन-विभाग के एक कर्मचारी मिस्टर दत्त, शिकारी माधवलाल और जिस लकड़हारे ने तड़ित बाबू का शव देखा था, बैठे थे। कल रात ही महीतोष बाबू बढ़-चढ़कर शिकार की कहानी सुना रहे थे, और आज उन्हें देखकर लग रहा था रात-भर में उनकी उम्र दस साल बढ़ गई है। ऐसा केवल उनके सचिव के मारे जाने के कारण था या फिर आदमखोर होने का प्रमाण मिल जाने के कारण, यह मैं समझ नहीं पा रहा था।

जंगल के अन्दर अधिक दूर जाने की आवश्यकता नहीं पड़ी। मुख्य सड़क से मुड़ने के बाद पाँच मिनट चलकर ही हमारे आगे की जीप रुक गई। सड़क के दोनों तरफ शाल और सागौन के वृक्ष थे। इनके अतिरिक्त मेरे परिचित वृक्षों में सेमल, नीम, कटहल का एक बहुत बड़ा पेड़ और कुछ बाँस की झाड़ियाँ थीं। कल रात बारिश हुई थी। चारों तरफ उसके निशान थे। चारों तरफ गड्ढे, ताल, तलैया आदि पानी से भरे थे।

जीप रुकते ही फेलूदा बोले, "वह देख।"

उनकी अँगुलियों के इशारे की तरफ ध्यान से देखने के बाद थोड़ी दूर, बाँस-झाड़ियों के पीछे हरे रंग की जिस चीज पर मेरी नजर गई वह मेरी परिचित चीज थी। वह तड़ित बाबू का कमीज थी। कल रात तड़ित बाबू वही कमीज पहने हुए थे।

सामने की जीप से सब लोग उतर गए। लकड़हारा आगे बढ़ गया। उसके पीछे-पीछे महीतोष बाबू और बाकी तीन लोग चल रहे थे। फेलूदा भी जीप से उतरकर बोले, "तुम लोग जीप में ही बैठे रहना। यह दृश्य तुम लोगों को अच्छा नहीं लगेगा।"

जहाँ तड़ित बाबू की मृत देह पड़ी थी वह हमारी जीप से चालीस-पचास हाथ दूर थी। लेकिन जंगल की इतनी खामोशी के कारण ही शायद उन लोगों की बातचीत हमें सुनाई दे रही थी। जो जैसी बातें कर रहा था वही सिलसिलेवार लिख रहा हूँ।

बाँस-झाड़ी के नजदीक पहुँचकर सबसे पहले महीतोष बाबू ने मुँह खोला। केवल दो बातें—साथ ही दाहिनी हथेली से अपना सिर ठोका।

इसके बाद मिस्टर दत्त मृत देह के पास गए, उसके बाद उनकी बातें सुनाई दीं।

"इस बारिश में बाघ के पैरों के निशान ढूँढ़ना बेकार है। लेकिन उसका हमला ही लग रहा है। ठीक कह रहा हूँ न?

महीतोष बाबू, "बेशक?"

मिस्टर दत्त, "कल रात दो बजे के बाद बारिश रुक गई थी। जिस तरह से खून पूरी तरह धुल गया है उससे लगता है बाघ ने पेट भरने का काम बारिश से पहले ही कर लिया था।"

फेलूदा बोले, "आदमखोर जहाँ आदमी को मारता है खाने का काम भी क्या वहीं पूरा कर लेता है? अकसर वह अपना शिकार मुँह में दबाकर एक जगह से दूसरी जगह ले जाता है।"

महीतोष बाबू बोले, "हाँ, यह तो है। लेकिन अगर आप सोच रहे हैं कि जमीन पर घसीटने के दाग दिख जाएँगे, तो उसकी खास सम्भावना नहीं है। वैसे भी बारिश से दाग मिट जाते हैं और फिर बाघ एक आदमी की लाश इस तरह अपने मुँह में दबाकर ले जा सकता है कि उसका शरीर जमीन का स्पर्श नहीं करता। लिहाजा बाघ ने तड़ित पर कहाँ हमला किया था, लगता है यह एक रहस्य बनकर ही रह जाएगा।"

फेलूदा बोले, "तड़ित बाबू का चश्मा कहाँ गिरा है यह पता लग जाने से शायद...।"

इसके बाद खामोशी छा गई थी। शशांक बाबू शायद बाघ के पैर के निशान ढूँढ़ने के लिए इधर-उधर देख रहे थे। फेलूदा अभी भी मृत देह के नजदीक ही खड़े थे। मिस्टर दत्त माधवलाल से कुछ कहने जा रहे थे, इतने में फेलूदा की आवाज सुनाई दी।

फेलूदा, "बाघ क्या केवल अपने एक नाखून से ऐसा गहरा घाव कर सकता है?"

महीतोष बाबू ने पूछा, "अचानक यह सवाल क्यों?"

फेलूदा, "शायद आप लोगों ने ध्यान नहीं दिया है। तड़ित बाबू के सीने के पास एक गहरा घाव है। उनकी कमीज फाड़कर कोई तेज चीज उनके शरीर में घुस गई। आप लोग यहाँ आइए, दिख जाएगा।

यह सुनते ही सब लोग तड़ित बाबू के शव के पास चले गए थे। उसके बाद महीतोष बाबू की आवाज सुनाई दी।

महीतोष बाबू बोले, "सर्वनाश! यह हत्या है! यह तो बाघ की खरोंच नहीं है। तड़ित की हत्या की गई है। और इसके बाद बाघ उसकी लाश को घसीट कर ले आया है। कितनी भयावह बात है।"

फेलूदा ने कहा, "हत्या या फिर हत्या का प्रयास। छुरे के वार से ही तड़ित बाबू की मौत हुई है, यह अभी निश्चित तौर पर कहना मुश्किल है।

हो सकता है उन्हें जख्मी करके आततायी भाग गया हो। उनके जख्मी होने के कारण, स्वाभाविक ही बाघ का काम और आसान हो गया था। जिस हथियार से यह जघन्य हत्या की गई है, उसे ढूँढ़ने का प्रयास करना होगा।"

महीतोष बाबू बोले, "शशांक, तुम अभी पुलिस को खबर कर दो।"

बन्दूकधारी माधवलाल को तड़ित बाबू की मृत देह के पास पहरेदारी के लिए छोड़कर बाकी लोग जीप पर बैठ गए। फेलूदा का इतना गम्भीर चेहरा बहुत दिनों से नहीं देखा था, लौटते समय उनके मुँह से एक भी शब्द नहीं निकला।

हम लोगों की मानसिक स्थिति भी बात करने लायक नहीं थी। जंगल में हिरणों के झुंड को दौड़ते हुए देखकर भी हमारे मन में खुशी की लहर नहीं उठी। लालमोहन बाबू इससे पहले भी हम लोगों के साथ कितनी ही लोमहर्षक स्थिति का सामना कर चुके थे। लेकिन उनका चेहरा भी इतना फीका पड़ते कभी नहीं देखा था। घूमने के उद्देश्य से कहीं जाकर अचानक रहस्य के जाल में फेलूदा इससे पहले भी कई बार फँस चुके थे। लेकिन इस तरह से नहीं। यहाँ तो मामला सिर्फ हत्या या रहस्य का ही नहीं था, आदमखोर का भी था।

6

शशांक बाबू से सूचना पाकर थोड़े ही समय में जलपाईगुड़ी से पुलिसवालों ने आकर छान-बीन शुरू कर दी। अभी शाम के पाँच बज रहे थे। आज आसमान साफ था। हम लोग महीतोष बाबू के चायबागान की अति स्वादिष्ट चाय पीकर कमरे में बैठे थे। फेलूदा भौंहे सिकोड़कर चहलकदमी कर रहे थे। रह-रहकर अपनी अँगुलियाँ मरोड़ रहे थे या फिर चारमीनार के दो-चार कश लगाकर मेज पर रखी पीतल की ऐश-ट्रे में फेंकते जा रहे थे। लालमोहन बाबू इसी बीच तीन बार जमीन पर रखी चीते की खाल की जाँच कर चुके थे; खास कर दाँतों की।

"उस सज्जन से बातचीत करने का अगर और थोड़ा मौका मिल जाता।"

फेलूदा मन-ही-मन यह बातें पहले भी कई बार दोहरा चुके थे। सच! तड़ित बाबू को पूरी तरह जानने से पहले ही उनकी हत्या हो गई थी। हत्या की वजह क्या हो सकती थी? तड़ित बाबू के साथ किसी की दुश्मनी थी या नहीं, इन सब बातों का पता न चलने तक फेलूदा के लिए रहस्य का पता लगाना निश्चित ही मुश्किल साबित होता।

बरामदे की घड़ी में पाँच बज जाने के कुछ ही मिनटों में महीतोष बाबू को एक नौकर, जिसका नाम हम नहीं जानते थे, ने आकर बताया कि नीचे बैठक में हमारी प्रतीक्षा की जा रही है।

हम तीनों ही बड़ी तत्परता से नीचे पहुँच गए। महीतोष बाबू और शशांक बाबू के अतिरिक्त एक और व्यक्ति सोफे पर बैठे थे। उनकी वर्दी देखकर समझ गए कि वे पुलिस के अधिकारी हैं। महीतोष बाबू ने परिचय करवाया—

"ये इंस्पेक्टर विश्वास हैं। आपने ही सबसे पहले जख्म देखकर कत्ल होने की बात कही थी। यह सुनकर आपसे मिलना चाहते हैं।"

फेलूदा नमस्कार करके मिस्टर विश्वास के सामने वाले सोफे पर बैठ गए। हम दोनों थोड़ी दूर रखे एक दूसरे सोफे पर जा विराजे।

मिस्टर विश्वास बेहद काले थे, सिर का खल्वाट चमक रहा था। शायद वे चालीस से ज्यादा के नहीं रहे होंगे। उनके चेहरे पर पतली मूँछें थीं, जिनकी दोनों तरफ की लम्बाई एक समान नहीं थी। मूँछें बनाते समय शायद थोड़ा असावधान हो गए थे।

वे सज्जन तीखी नजरों से फेलूदा की तरफ देखकर बोले, "सुना है, आप एक शौकिया जासूस हैं?"

फेलूदा ने थोड़ा मुस्कराकर जता दिया कि बात सच है।

मिस्टर विश्वास बोले, "आप लोगों में और हम लोगों में फर्क क्या है, जानते हैं? आप लोगों के कहीं पहुँचने के बाद हत्या होती है और हम लोग हत्या होने के बाद पहुँचते हैं।" बात पूरी करके इंस्पेक्टर विश्वास अपने मजाक पर हँसने लगे।

फेलूदा बात आगे न बढ़ाकर एकदम काम की बातों पर आ गए। उन्होंने पूछा, "जिस हथियार से कत्ल हुआ है क्या वह मिल गया है?"

मिस्टर विश्वास हँसना बन्द कर सिर हिलाकर बोले, "नहीं, लेकिन तलाश की जा रही है। जंगल में खानातलाशी का काम कितना मुश्किल होता है, यह तो आप समझते ही हैं, ऊपर से आदमखोर। पुलिसवाले भी तो इनसान ही होते हैं—मतलब 'मैन' समझ गए न? हो: हो: हो:।"

मिस्टर विश्वास को इस तरह हँसते देखकर जैसे फेलूदा भी जबरदस्ती थोड़ा हँसे। फिर गम्भीर होकर बोले, "क्या तड़ित बाबू की हत्या हुई है।"

मिस्टर विश्वास बोले, "यह कहना तो अब बहुत मुश्किल है, लाश की जैसी हालत है, वैसे भी बाघ ने काफी हिस्सा खा लिया है, ऊपर से इतनी गरमी। पोस्टमॉर्टम से भी किसी नतीजे पर पहुँच पाएँगे, ऐसा लगता तो नहीं है। मूल घटना यही है कि—तड़ित बाबू की किसी ने किसी तेज हथियार से हत्या की है या हत्या करने का प्रयास किया है। उसके बाद बाघ ने क्या किया क्या नहीं उससे हमारा कोई लेना-देना नहीं है। उसके लिए जो कुछ करना है, वह मिस्टर सिंहराय करेंगे।"

महीतोष बाबू फर्श पर बिछे कारपेट पर नजर गड़ाकर गम्भीर भाव से बोले, "अभी से आसपास के गाँवों में अफवाह फैलने लगी है, हमारे आदमी भी जंगल में लकड़ी काटते हैं। अगले दो महीनों तक काम चलेगा, उसके बाद बरसात में काम बन्द हो जाएगा। स्थिति काफी गम्भीर हो गई है। इसे मैं समझ रहा हूँ। लेकिन किसने तड़ित बाबू पर हमला किया और क्यों किया इसे जानने से पहले मैं दूसरी किसी बात पर ध्यान नहीं दे पा रहा हूँ। वैसे मैं ही तो इस इलाके में अकेला शिकारी नहीं हूँ। वनविभाग से शिकारी लाना कोई मुश्किल काम नहीं है।"

मिस्टर विश्वास गला खखारकर थोड़ा हिल-डुल कर बैठते हुए बोले, "मेरे लिए रहस्य एक ही है—इतनी रात में आपके तड़ित बाबू जंगल में क्या करने गए थे? हत्या का एक बहुत सीधा-सादा कारण हो सकता है। तड़ित बाबू की जेब से कोई रुपये-पैसे या पर्स नहीं मिला है, उनके कमरे की तलाशी लेकर भी कुछ नहीं मिला है, इस इलाके में गुंडे-बदमाशों की तो कोई कमी नहीं है। इस इलाके में ही क्यों—पूरे देश में कहीं कमी नहीं है—हो: हो: हो:। उन लोगों में से ही किसी ने यह जघन्य काम किया होगा। यह सिर्फ राहजनी की घटना है।"

फेलूदा सिगरेट जलाकर शान्त भाव से बोले, "आधी रात में? जंगल में तड़ित बाबू जैसे सीधे किसी व्यक्ति से रुपये लेने के लिए क्या छुरा चलाने की जरूरत पड़ सकती है? सिर पर एक डंडा मारकर ही क्या यह काम नहीं हो सकता था?"

मिस्टर विश्वास नीरस हँसी हँसकर बोले, "शायद हो सकता है। लेकिन तड़ित बाबू की हत्या के पीछे और क्या कारण हो सकता है, कहिए? मकसद क्या था? तड़ित बाबू महीतोष बाबू के सचिव थे। लिखने-पढ़ने में व्यस्त रहते थे। यहाँ पाँच साल से थे, किसी के साथ उनका खास उठना-बैठना भी नहीं था। इस परिवार के लोगों के अतिरिक्त किसी से परिचय भी नहीं था। गुंडे, बदमाश के अतिरिक्त कौन उन पर इस तरह से हमला करेगा? और क्यों करेगा?"

फेलूदा भौंहें सिकोड़कर चुपचाप बैठे थे। मिस्टर विश्वास बोले, "राहजनी जैसी मामूली बात आप जैसे शौकिया जासूसों को ठीक नहीं लगती, मैं जानता हूँ। तो ठीक है, आप रहस्य चाहते हैं, रहस्य भी तो है। इस रहस्य का पता लगाइए कि तड़ित बाबू जैसा आदमी आधी रात को जंगल में क्या करने गया था?"

शशांक बाबू चुपचाप अकेले एक अलग सोफे में बैठे थे। फेलूदा रह-रहकर उनको तिरछी नजरों से क्यों देख रहे थे, यह बात मेरी समझ में नहीं आ रही थी। महीतोष बाबू का चेहरा अभी पहले की तरह उतरा और थका हुआ था। वे बार-बार सिर झटक रहे थे और कह रहे थे, "कुछ समझ में नहीं आ रहा है...कुछ समझ नहीं पा रहा हूँ...।"

एक मिनट और बैठकर हम तीनों उठ गए। मिस्टर विश्वास बोले, "आप अपनी तरह से छानबीन कर सकते हैं मिस्टर मित्तिर, मुझे बुरा नहीं लगेगा। कुछ भी हो—जख्म तो आपने ही पहले देखा था।"

बैठक से निकलकर फेलूदा ऊपर नहीं गए। बड़े बरामदे से बाहर

निकलकर दाहिनी ओर मुड़कर पुराने अस्तबल और हाथीशाला के पास से होकर हम लोग सीधे मकान के पीछे चले गए। पीछे मुड़कर ऊपर देखते ही पहले तल की खिड़कियों की कतार में से एक खिड़की पर लालमोहन बाबू का तौलिया लटकते हुए देखा। अगर तौलिया नहीं लटकता होता तो हमारे लिए अपना कमरा पहचानना मुश्किल होता। हम लोगों के कमरे के नीचे ही भूतल पर एक दरवाजा था। इसे पीछे का दरवाजा कहा जा सकता था। तड़ित बाबू कल रात निश्चित ही इसी दरवाजे से निकलकर जंगल में गए थे।

सामने बीस-पचीस हाथ की दूरी पर एक छोटा एकमंजिला कच्चा मकान था। उसके सामने आठ-दस आदमी खड़े थे। उनमें से एक आदमी को हम लोगों ने पहले भी देखा था। वह महीतोष बाबू का दरबान था। वह मकान भी शायद दरबान का ही था। फेलूदा के पीछे-पीछे हम लोग भी उस मकान की ओर चले गए। दूर कालबुनी का जंगल नजर आ रहा था। वहाँ के शाल के पेड़ दूसरे पेड़ों से ऊँचे थे। जंगल के पीछे धुँधले नीले रंग की लहरदार पर्वत-शृंखला नजर आ रही थी।

घर के पास पहुँचने पर दरबान ने हम लोगों को सलाम किया। फेलूदा ने पूछा, "तुम्हारा नाम क्या है?"

"चन्दन मिसिर हुजूर!"

वह बूढ़ा आदमी था, बाल छोटे-कटे थे, पीछे चुटिया थी, आँखों के पास झुर्रियाँ आ गई थीं। बोलने से पता चलता था कि वह तम्बाकू खाता था।

"कितने दिनों से यहाँ काम कर रहे हो?"

"पचीस साल हो गए हैं हुजूर।"

चन्दन मिसिर की बातों से समझ गया था कि वहाँ के लोग तड़ित बाबू की मौत से कहीं ज्यादा आदमखोर के डर से ज्यादा हड़बड़ाए हुए थे। पागल हाथी तो अकसर निकलते रहते थे लेकिन आदमखोर तीस साल में पहली बार निकला था। चन्दन मिसिर का कहना था कि, यहाँ कई लोग

चोरी-छिपे शिकार करते हैं। उन्हीं लोगों में से किसी की बन्दूक की गोली लगकर वह बाघ जख्मी हो गया होगा, फिर वह आदमखोर बन गया होगा। कई बार ऐसा भी देखा गया है कि अधिक उम्र में बाघों के दाँत घिस जाते हैं तब वे आदमखोर बन जाते हैं। या फिर कभी-कभार साही का शिकार करके खाते समय उसके काँटे इतनी बुरी तरह से बाघ की आँख, नाक, मुँह में चुभ जाते हैं कि वह काफी जख्मी हो जाता है और जानवरों को छोड़कर अपने आसान शिकार इनसान की तरफ आकृष्ट हो जाता है।'

फेलूदा बोले, "यहाँ के लोग क्या यही चाहते हैं कि महीतोष बाबू बाघ को खत्म कर दें?"

चन्दन मिसिर अपना सिर खुजलाते हुए बोला, "वे लोग यही चाहते हैं, लेकिन साहब ने तो इस जंगल मे कभी शिकार नहीं किया है। आसाम, उड़ीसा में किया था मगर इस इलाके में कभी नहीं।

यह खबर पाकर हम सभी चकित रह गए थे—"क्यों, यहाँ क्यों नहीं किया?"

चन्दन बोला, "इसी जंगल में साहब के दादा जी भी बाघ के हाथों मारे गए थे। साहब के पिता जी भी बाघ का शिकार बने थे। इसीलिए साहब ने इस जंगल में शिकार न करके दूसरे स्थानों के जंगलों को पसन्द किया।"

महीतोष बाबू के पिता को भी बाघ ने अपना शिकार बनाया था, यह जानकारी हमें पहली बार इन्हीं लोगों से मिली थी। फेलूदा के पूछने पर चन्दन ने बताया था, "महीतोष बाबू के पिता ने मचान के ऊपर से बाघ पर बन्दूक चलाई थी, उन्होंने सोचा, बाघ मारा गया है, दस मिनटों के बाद मचान से उतरकर बाघ के नजदीक पहुँचते ही बाघ ने उनपर हमला करके उन्हें बुरी तरह जख्मी कर दिया था। वही जख्म बिगड़ जाने के कारण कुछ ही दिनों में उनकी मौत हो गई थी।"

यह सुनते ही फेलूदा कुछ देर तक भौहें सिकोड़कर जमीन पर देखते हुए कुछ सोचने लगे थे। उसके बाद उस कच्चे घर की तरफ इशारा करके बोले, "तुम इसी मकान में रहते हो?"

"जी हुजूर!"

"रात में सोते कब हो?"

चन्दन मिसिर ने यह सवाल सुनकर हकबकाकर फेलूदा की तरफ देखा। फेलूदा ने अब असली बात पूछी।

"कल रात जो बाबू मारे गए"

“तड़ित बाबू?”

“हाँ, वह काफी रात में घर से निकलकर जंगल की तरफ गए थे। तुमने उन्हें जाते हुए देखा था?”

चन्दन मिसिर ने कहा कि कल रात उसने नहीं देखा था लेकिन तड़ित बाबू को उसने उससे एक दिन पहले और पहले भी कई बार शाम के समय जंगल की तरफ जाते हुए देखा है। कल उसने तड़ित बाबू को तो नहीं देखा था मगर एक और व्यक्ति को देखा था।”

यह बात सुनकर फेलूदा के चेहरे की भंगिमा बदल गई थी।

“किसे देखा था?”

“हुजूर मैं यह नहीं जानता लेकिन तड़ित बाबू का टॉर्च बड़ा है, तीन सेलों वाला पुराना टार्च है। और यह टॉर्च छोटा था और इसका मुँह भी छोटा था लेकिन उसकी रोशनी तेज थी।”

“तुमने केवल रोशनी देखी थी? और कुछ नहीं देखा था?”

“नहीं हुजूर! और कुछ नहीं देखा।”

फेलूदा और भी कुछ पूछना चाहते थे, लेकिन इतने में देखा कि महीतोष बाबू का एक नौकर भागते हुए हम लोगों की तरफ आ रहा है।

“बाबू आपलोगों को बुला रहे हैं। कहा है, जरूरी काम है।”

हम लोगों ने लौटकर देखा, महीतोष बाबू बरामदे में हम लोगों का इन्तजार कर रहे थे। फेलूदा को देखते ही बोले, “आपका अन्दाजा सही है, तड़ित को किसी गुंडे बदमाइश ने नहीं मारा है।”

“यह आप कैसे कह सकते हैं?”

“जिस हथियार से उसका कत्ल हुआ है, वह हमारे घर में ही था। कल जो तलवार मैंने आपलोगों को दिखाई थी उसी तलवार से उसकी हत्या हुई है। वह अब दादा जी की अलमारी में नहीं है।”

7

कनाई नौकर ही आदित्यनारायण के कमरे में धूप-बत्ती करने गया था। तभी उसने वहाँ से तलवार को गायब पाकर तुरन्त महीतोष बाबू को सूचना दी। कमरे में बहुत तरह की किताबें थीं, महीतोष बाबू को लिखते समय उनकी जरूरत पड़ती थी। इसीलिए वे कमरे में ताला नहीं लगाते थे। सभी नौकर पुराने और विश्वस्त थे। इस परिवार में लम्बे समय से चोरी भी नहीं हुई थी, इसीलिए इस घर का कोई भी व्यक्ति अपनी मरजी से वहाँ से तलवार निकाल सकता था।

उस अलमारी का पूरी तरह मुआयना करके फेलूदा को कोई सूत्र या ऐसा कुछ नहीं मिला था। केवल तलवार अपनी जगह नहीं थी, बाकी सारा सामान पहले की तरह अपनी जगह पर था।

जाँच पूरी करके फेलूदा बोले, "मैं अब तड़ित बाबू के सोने का कमरा और उनके काम करने की जगह देखना चाहता हूँ। लेकिन उससे पहले यह भी जानना चाहता हूँ कि आपके मन मे किसी प्रकार की शंका तो नहीं है।"

महीतोष बाबू कुछ देर सोचकर सिर हिलाते हुए बोले, "तड़ित की हत्या करने का किसी का कोई कारण हो, ऐसा कोई व्यक्ति यहाँ है, मुझे तो नहीं लगता। वैसे भी किसी से उसका ज्यादा मेल-जोल नहीं था। वह अपने काम में ही व्यस्त रहता था; कभी-कभार टहलने चला जाता था। जहाँ तक

मैं जानता हूँ उसकी कोई बुरी आदत भी नहीं थी। और अगर दादा जी की तलवार से ही किसी ने उसे मारा हो, तो वह हमारे घर का ही आदमी होगा। नहीं, मेरी तो समझ में कुछ भी नहीं आ रहा है।"

हम तीनों महीतोष बाबू के साथ तड़ित बाबू का कमरा देखने गए। हम लोगों के कमरे की तरह ही एक बड़ा कमरा था। असबाब के अलावा तड़ित बाबू के व्यक्तिगत सामान के नाम पर नीले रंग का एक बड़ा सूटकेस, एक

लटकाने वाला कपड़े का झोला, उनकी पैंट-शर्ट पाजामा, बनियान, तौलिया आदि आलने में लटक रहे थे, एक ताख में उनके प्रसाधन के सामान रखे थे, एक छोटी मेज पर अँग्रेजी और बांग्ला कहानियों की कुछ किताबें रखी थीं। एक अलार्म घड़ी, एक सुलेखा की ब्लू-ब्लैक स्याही और दो पेंसिलें थीं। इनके अलावा पलंग के पास एक मेज पर फ्लास्क, एक पानी का गिलास और एक छोटा ट्रांजिस्टर रखा था।

सूटकेस में चाबी नहीं लगी थी। फेलूदा ने सूटकेस खोलकर देखा। उसमें करीने-से कपड़े रखे हुए थे। फेलूदा बोले, "उन्होंने कलकत्ता जाने की पूरी तैयारी कर रखी थी।"

पाँच मिनट के बाद हम लोग तड़ित बाबू के कमरे से महीतोष बाबू के ऑफिस की तरफ चल पड़े थे। जाते-जाते फेलूदा ने महीतोष बाबू से पूछा, "सचिव होने के नाते तड़ित बाबू किस तरह की जिम्मेदारी सँभालते थे? जरा बताएँगे?"

महीतोष बाबू बोले, "पत्र आदि तो लिखता ही था, साथ ही मेरी लिखावट अच्छी न होने के कारण पांडुलिपियों की कॉपी भी करता था। प्रूफ देखता था। कलकत्ता में प्रकाशकों से मिलना, उनसे बातचीत करने की जिम्मेदारी भी उसी की थी। इधर मेरा पारिवारिक इतिहास लिखने के सिलसिले में उसे बहुत तरह की पुरानी किताबें, अखबार, दस्तावेज, पत्र आदि भी देखने पड़ते थे, वह ही सबकुछ पढ़कर नोट तैयार करता था।

"यह सब क्या उसी नोट की कॉपियाँ हैं?" फेलूदा उनकी मेज पर रखी आठ-दस बड़ी कॉपियों की तरफ इशारा करके बोले। महीतोष बाबू ने सिर हिलाकर हाँ कहा।

"और ये आपकी नई शिकार-कथा के प्रूफ हैं?" लम्बे-लम्बे कागजों के बंडल को देखकर साफ समझा जा सकता था, ये प्रूफ थे। फेलूदा प्रूफ का एक बंडल उठाकर उलट-पलटकर देख रहे थे।

"क्या तड़ित बाबू अच्छे प्रूफ रीडर थे?"

सवाल सुनकर महीतोष बाबू आश्चर्य से बोले, "मेरी तो यही धारणा थी। आपको क्या इसमें किसी तरह का सन्देह है?"

"पहले पन्ने के पहले पैराग्राफ में ही दो गलतियों पर नजर पड़ी है जिनका संशोधन नहीं हुआ है।"

"वाकई है?"

"गर्जन शब्द में रेफ नहीं लगा है और हिरण का हिज्जे भी गलत है।"

"आश्चर्य...आश्चर्य..."

महीतोष बाबू ने अनमने भाव से प्रूफ के कागजों को उलटकर फेलूदा को लौटा दिया।

"तड़ित बाबू क्या आजकल परेशान या चिन्तित नजर आते थे?" फेलूदा ने प्रश्न किया।

"क्यों, इस तरह की कुछ बात हो, ऐसा तो नहीं देखा।"

फेलूदा तड़ित बाबू की टेबल पर झुक कर कुछ देखने लगे। वहाँ एक पैड खुला पड़ा था, जिसपर अस्पष्ट अक्षरों में कुछ लिखा था। फेलूदा पैड हाथ में लेकर उस कागज को देखते हुए बोले, "आपके परिवार का इतिहास लिखने के लिए क्या महाभारत पलटने की जरूरत पड़ रही थी?"

"ऐसा क्यों पूछ रहे हैं?"

"तड़ित बाबू ने शायद अन्यमनस्कता से इस पैड पर कुछ बातें लिखी हैं, यह देखिए न—अर्जुन, कीचक, नारायणी, अश्वत्थामा। ये सभी तो महाभारत के चरित्र है, नारायणी तो श्रीकृष्ण की सेना का नाम था, कीचक विराट राजा का साला था और उत्तर विराट का बेटा था, अभिमन्यु का साला।"

महीतोष बाबू बोले, "मेरे काम के लिए तो उसको महाभारत पढ़ने की जरूरत नहीं पड़ी होगी। असल बात है तड़ित पुस्तकों का कीड़ा था। मेरे

दादा जी की लाईब्रेरी में कालीप्रसन्न का महाभारत रखा है शायद उसी का अध्ययन कर रहा होगा।"

हम लोग महीतोष बाबू के ऑफिस से बाहर बरामदे में आकर खड़े हुए थे कि तभी एक जानी-पहचानी गम्भीर आवाज में नाटकीय लहजे में किसी को बोलते सुना...'सब बरबाद हो जाएगा...सब बरबाद हो जाएगा! सत्य की नींव हिल रही है। सब बरबाद हो जाएगा!'

केवल आवाज ही सुनाई दे रही थी, बोलने वाला नजर नहीं आ रहा था। महीतोष बाबू गहरी साँस लेकर बोले, "बैशाख में हर साल भाई साहब की यही हालत होती है। फिर बरसात के दिनों में गरमी कुछ कम होने पर कुछ स्वाभाविक हो जाते हैं।"

हम लोग अपने कमरे के सामने पहुँच गए थे। फेलूदा बोले, "कल एक बार जंगल में जाने की बात सोच रहा हूँ। थोड़ी छानबीन करनी है, आपकी क्या राय है?"

महीतोष बाबू भौंहे सिकोड़कर बोले, "तड़ित को बाघ कल जहाँ फेंक गया था उसके आसपास आज वह नहीं आएगा, मुझे तो ऐसा ही लगता है। खासकर दिन के समय बाघ के बारे, में मेरा अनुमान तो यही कहता है। इसलिए अगर आप लोग उस जगह के आसपास ही रहें तो ज्यादा खतरे की सम्भावना नहीं है। सच तो यह है कि इस जंगल में अभी भी बड़े बाघ हैं, यही मेरे लिए बड़े अचरज की बात है।"

"साथ में माधवलाल जा सकता है कि नहीं? तथा एक जीप...?"

"जरूर।"

महीतोष बाबू चले गए। जाते-जाते बोले, "तलवार की खबर इंस्पेक्टर विश्वास को देनी पड़ेगी।

अँधेरा हो गया था, शाम के बाद से आसमान के बादल बिलकुल छँट गए थे। लालमोहन बाबू बहुत देर से चुपचाप थे। उन्हें देखकर लग रहा था

कि उनके दिमाग में कहानी का कोई प्लॉट आ रहा है। क्योंकि कभी-कभी अपनी जेब से टाटा की एक लाल डायरी निकालकर कुछ लिख रहे थे। कमरे में आकर पंखा चलाकर पलंग पर बैठकर बोले, "कहिए तो, कैसा बोनस मिल गया। यह मेरी बदौलत ही मिला है, यह तो मानते हैं?"

"सौ बार।"

फेलूदा तड़ित बाबू के कमरे से महाभारत के चरित्रों का नाम लिखा हुआ वह पैड और 'कोचबिहार का इतिहास' नाम की एक किताब अपने साथ ले आए थे। अब वह पलंग पर बैठकर पैड को देख रहे थे। कुछ देर देखने के बाद बुदबुदाकर बोले, "सारे नाम महाभारत के हैं, इसमें कोई शक नहीं है, लेकिन यह उत्तर शब्द...उत्तर...उत्तर। उत्तर नाम भी हो सकता है, उत्तर दिशा भी हो सकती है और उत्तर मतलब प्रश्नों का उत्तर...जवाब... जवाब...।"

फेलूदा अचानक चौंक उठे थे। फिर पलंग के पास रखी मेज के ऊपर से अपनी कॉपी लेकर पहेली का पन्ना खोलकर बैठ गए।

"दिक पाओ ठीक-ठीक जवाबे।...थैंक यू तड़ित बाबू। आपका जवाब विराट राजा का बेटा हो सकता है, मेरा जबाब है उत्तर दिशा। दिक पाओ ठीक-ठीक जवाबे। अर्थात दिशा पाओ ठीक-ठीक उत्तर में। यानी कि उत्तर दिशा ही ठीक दिशा है। हात गोन भात पाँच। पचपन हाथ। उत्तर दिशा में पचपन हाथ। लेकिन उसके बाद? फाल्गुन ताल जोड़, दुई माझे भूँईफोड़। फाल्गुन...इस फाल्गुन को लेकर ही सारा झमेला...।"

अब फेलूदा के चौंककर वाक्रोध होने की बारी थी।

"तड़ित बाबू की मेज पर एक बांग्ला शब्दकोश था न?" वे दबी हुई भी आवाज में बोले।

लालमोहन बाबू बोले, "हाँ-हाँ संसद शब्दकोश लाल रंग का। मेरे पास भी है।"

"उसे देखना पड़ेगा।"

फेलूदा के पीछे-पीछे हम लोग भी महीतोष बाबू के दफ्तर की तरफ भागे।

शब्दकोश में फाल्गुन शब्द देखकर फेलूदा की आँखें चमक उठी थीं।

"फाल्गुन...फाल्गुन अर्जुन का एक नाम है। और अर्जुन केवल पंचपाण्डवों में से एक नहीं थे, अर्जुन एक वृक्ष भी है। कल भी मैंने जंगल में अर्जुन वृक्ष देखा था।"

"तो फिर इसका अर्थ क्या निकलता है?" लालमोहन बाबू पूरी बात ठीक से समझे बिना ही उत्तेजित हो गए। "फाल्गुन ताल जोड़, दुई माझे भूँई फोड़। मतलब, एक अर्जुन वृक्ष और जोड़ा ताड़ वृक्ष के बीच की जमीन खोदनी होगी।"

"लेकिन उस तरह के वृक्ष कहाँ हैं, इसका पता आप कैसे लगाएँगे?"

फेलूदा बोले, "एक और किसी बूढ़े पेड़ की उत्तर दिशा में पचपन हाथ चलते ही मिल जाएगा।"

"अरे बाबा बूढ़ा पेड़! बूढ़े पेड़ के अलावा इस जंगल में कोई छोकरा पेड़ है क्या? और वृक्ष तो सभी काटे जा चुके हैं। महीतोष बाबू का अपना ही लकड़ी का व्यवसाय है। यह पहेली कितने दिनों पहले की लिखी हुई है, सत्तर-पचहत्तर वर्ष पहले की तो होगी ही।"

हम सब अपने कमरे में वापस आ गए थे। फेलूदा फिर चुप हो गए थे, फिर से गम्भीर हो गए थे। वह चीते की बिछी हुई खाल को अनमने भाव से देख रहे थे। एक मिनट तक उस तरह से देखने के बाद बोले, "मैं जैसा सोच रहा हूँ अगर वैसा ही हुआ तो बड़े बाघ की खाल तड़ित बाबू को ही मिलनी चाहिए थी। पहेली हल करने में तड़ित सेनगुप्ता फेलू मित्तिर से कम नहीं थे।"

लालमोहन बाबू बोले, "लेकिन पैड में तो महाभारत के दूसरे नाम भी लिखे थे? कीचक, अश्वत्थामा—इन नामों से इस पहेली क्या रिश्ता हो सकता है?"

"मैं भी तो यही सोच रहा हूँ।"

फेलूदा का ध्यान फिर पैड पर चला गया। कुछ देर बाद बोले, "हालाँकि ऐसे सोचने का कोई मतलब नहीं होता कि कागज पर लिखे सभी नामों का आपस में कोई सम्बन्ध है। या फिर ये सारे नाम एक ही समय के लिखे हुए हैं यह भी जरूरी नहीं है। यह देखिए, कीचक और नारायणी नाम बॉल पेन से लिखा है—जैसा डॉट पेन से कभी नहीं हो सकता।"

लालमोहन बाबू किसी जासूस की तरह कागज की ओर भौंहें सिकोड़कर बोले, "तो नारायणी और कीचक के साथ पहेली का—"

उनकी बातें खतम होने से पहले ही दरवाजे की तरफ से गम्भीर स्वर सुनकर लालमोहन बाबू चौंक गए, उनके हाथ से पैड गिर गया।

"कीचकों के बारे में चर्चा हो रही थी क्या?

यह देवतोष बाबू थे।

परदा उठाकर वे सज्जन अन्दर आ गए। फिर वही बैंगनी ड्रेसिंग गाउन। उनके पास क्या पहनने के लिए दूसरा कोई कपड़ा नहीं था। फेलूदा ने कहा, "आइए देवतोष बाबू, आइए।" उन सज्जन ने फेलूदा की बात अनसुनी करके एक सवाल पूछा।

"पृथुराज ने झील में डूबकर आत्महत्या क्यों की थी, क्या आप जानते हैं?"

"आप बताएँ। हम लोग नहीं जानते हैं।" फेलूदा बोले।

"कीचकों के सम्पर्क में रहने से धर्म न भ्रष्ट हो जाए, इसी डर से।"

"कीचक क्या किसी सम्प्रदाय का नाम है।" फेलूदा ने आश्चर्य से पूछा।

"बंजारा सम्प्रदाय, अगर जंगल की तरफ जाओ तो जरा पता लगाना कि वे अभी भी उस इलाके में हैं या नहीं। वे धनुष-बाण से जंगली मुर्गों का शिकार करते थे।"

"जरूर पता लगाएँगे," फेलूदा ने बड़ी स्वच्छन्दता से जबाब दिया। फिर बोले, "आपसे एक बात पूछ सकता हूँ?"

देवतोष बाबू जैसे अवाक होकर सूनी नजरों से फेलूदा को देख रहे थे।

"मुझसे पूछना चाहते हैं, मुझसे तो कोई कुछ नहीं पूछता है।"

"मैं पूछ रहा हूँ। यहाँ प्राचीन वृक्ष के नाम से परिचित कोई खास वृक्ष है। आप स्थानीय इतिहास के अच्छे जानकार हैं, इसलिए आप से पूछ रहा हूँ।"

"प्राचीन वृक्ष?"

"ऐसा पेड़ जिसे लोग बूढ़े पेड़ के नाम से जानते हैं।"

प्राचीन वृक्ष सुनकर देवतोष बाबू की धुँधली आँखें और भी धुँधला गई थीं, पर अब वे अचानक चमक उठीं।

"बूढ़ा पेड़? ऐसा कहो। प्राचीन वृक्ष और बूढ़ा पेड़ क्या एक है? बूढ़ा नाम उम्र से बूढ़ा होने के कारण नहीं पड़ा। उस पेड़ के तने में एक पोपली जगह है, जो देखने में बिलकुल बिना दाँत के किसी बूढ़े के खुले हुए मुँह की तरह लगती है। हम दादाजी के साथ उस पेड़ के नीचे पिकनिक मनाने जाते थे। दादाजी उसे पोपले फकीर का पेड़ कहते थे।"

"वह किसका पेड़ है?" फेलूदा ने पूछा।"

"काटा ठाकुरानी का मन्दिर देखा है? वह भी राजू के हाथों से बच नहीं पाया है। उसी मन्दिर के पश्चिम में पोपले फकीर का पेड़ है। अश्वत्थ का वृक्ष। उसी पेड़ पर एक दिन मही..."

"भाई साहब चले आइए!"

देवतोष बाबू अपनी बात पूरी नहीं कर पाए क्योंकि महीतोष बाबू दरवाजे के बाहर से अपनी भारी आवाज में उन्हें बुला रहे थे। फिर परदा सरकाकर महीतोष बाबू गम्भीर चेहरे से कमरे में आ गए थे। मैं समझ गया उनके अन्दर का कठोर इनसान फिर बाहर निकल आया है।

"आपके दवा लेने का समय हो गया है।"

"दवा?"

"मन्मथ ने नहीं दिया है?"

देवतोष बाबू के लिए एक अलग नौकर था। उसका नाम मन्मथ था।

"मैं तो ठीक हूँ, फिर दवाई क्यों? मेरा सिर दर्द तो..."

महीतोष बाबू एक तरह से जबरदस्ती गरदन पकड़कर बड़े भाई को कमरे से बाहर ले गए थे। बाहर से उनके डाँटने की आवाज सुनाई दे रही थी।

"आप ठीक हैं या नहीं हैं यह डॉक्टर समझेंगे, आपको जो दवा दी गई है, वह लेनी पड़ेगी।"

आवाज धीमी हो गई थी। उसके साथ पैरों की आहट भी।

"वह सज्जन सचमुच आज बहुत स्वाभाविक लग रहे थे।" लालमोहन बाबू ने टिप्पणी की। फेलूदा के कानों में जैसे यह बात पहुँची ही नहीं। उन्होंने फिर स्वगत संवाद शुरू कर दिया था—'बरगद का पेड़...बरगद का पेड़... बरगद... लेकिन मूड़ो क्यों होता है? मूड़ो होता है बूड़ो गाछ...मूड़ो होता है...।'

अचानक कॉपी बिस्तर पर जोर से फेंककर वे खुशी से उछल पड़े थे—"हॅय! हॅय! होता है, होता है।"

"क्या होता है?" लालमोहन बाबू फिर से अचकचा गए।

"समझ नहीं पा रहे हैं? मूड़ो हॅय बूड़ो गाछ। इसका मतलब बूढ़े पेड़

का मूढ़ो यानी कि उसकी मुंडी अर्थात शिखर—होलो हॅय।"

"होलो हॅय? यह क्या चीज है?" लालमोहन बाबू और भी अकचका गए। सच कहूँ तो मुझे भी लग रहा था फेलूदा कैसी अनाप-शनाप बातें कर रहे हैं। अब फेलूदा खीजते हुए लालमोहन बाबू को घूरते हुए तेज आवाज में बोले, "आप साहित्यकार हैं न? हॅय का अर्थ नहीं जानते हैं। घोड़ा घोड़ा, घोड़ा। हॅय का मतलब है घोड़ा। बूढ़े वृक्ष का मुंडी है अश्वमुंडी और भी समझना होगा।"

"अश्वत्थ!" लालमोहन बाबू चीख उठे।

"अश्वत्थ। तड़ित बाबू ने अश्वत्थ ही लिखा था, साधारण कलम से बाद में कुछ सोचकर आ की मात्रा और मा जोड़ दिया था डॉट पेन से। और मैं सोच रहा था महाभारत। छि...छि...छि...छि।"

8

मैं जानता हूँ कि फेलूदा कल पूरी रात जाग रहे थे। मैं और लालमोहन बाबू भी लगभग ग्यारह बजे रात तक जागे हुए थे। तड़ित बाबू जैसे तेज बुद्धिवाले व्यक्ति की किस तरह से निर्मम हत्या की गई थी, इसी पर चर्चा कर रहे थे। कुछ घटनाओं से फेलूदा भी पूरी तरह चकित थे, यह स्पष्ट था। फेलूदा ने खुद ही उसकी एक सूची तैयार की थी—

(1) तड़ित बाबू के अतिरिक्त कौन कल रात इस जंगल में गया था? जो गया था क्या वह तलवार साथ ले गया था? क्या वही हत्यारा है या उसके साथ कोई दूसरा भी था? नए जमाने का टॉर्च किसके पास हो सकता है?

(2) पहली रात महीतोष बाबू किसे धमका रहे थे?

(3) देवतोष बाबू कल महीतोष बाबू के बारे में क्या बताने जा रहे थे, जब महीतोष बाबू आकर उन्हें अपने साथ ले गए थे?

(4) देवतोष बाबू ने उस दिन युधिष्ठिर के रथ के पहिये की बात क्यों कही थी? क्या वह महज पागलपन था? या फिर उसमें भी कोई रहस्य छुपा हुआ?

(5) शशांक बाबू इतने खामोश क्यों हैं? यही उनका स्वभाव है या किसी खास वजह से वे खामोश हैं?

सब कुछ सुनकर लालमोहन बाबू बोले, "मैं तो एक व्यक्ति पर बिलकुल भरोसा नहीं कर पा रहा हूँ। भाई साहब पागल हो सकते हैं लेकिन आपने उनकी कलाई देखी है? महीतोष बाबू से भी चौड़ी है। और कालापहाड़ के नाम पर इतने क्रोधित रहते हैं कि किसी को भी कालापहाड़ समझकर उस पर तलवार से हमला कर सकते हैं।"

लालमोहन बाबू की बातें सुनकर फेलूदा ने लालमोहन बाबू की तरफ देखकर कहा, "मेरे साथ रहते-रहते आपकी पर्यवेक्षण क्षमता और कल्पना शक्ति दोनों नि:सन्देह काफी तेज हो गई हैं। देवतोष बाबू तलवार के वार से किसी की भी हत्या कर सकते हैं यह तो मैं भी मानता हूँ। लेकिन तड़ित बाबू की हत्या के पीछे जिस तरह की सूझबूझ का परिचय मिलता है वह गौर करने लायक है—आदित्यनारायण की अलमारी खोलकर तलवार निकालना, तड़ित बाबू का पीछा करते हुए इतनी दूर जंगल में जाना, वह भी ऐसी आँधी-पानी की रात में, उसके बाद अन्धकार में निशाना बनाकर तलवार चलाना; यह भी ध्यान रखना होगा कि एक हाथ से टॉर्च पकड़कर दूसरे हाथ से तलवार चलाना सम्भव नहीं है। इतने सारे काम किसी पागल व्यक्ति के लिए अकेले करना सम्भव है या नहीं, इस पर मुझे पूरा सन्देह है। असल में एक बार और जंगल में जाकर जाँच किए बिना काम नहीं चलेगा। जो कुछ भी हुआ वह तो जंगल में ही हुआ है, इसलिए केवल घर में बैठकर सोच-विचार करके ज्यादा कुछ हासिल होना सम्भव नहीं है। यह तो निश्चित है कि तड़ित बाबू पहेली का अर्थ समझकर गुप्तधन की तलाश में जंगल गए थे। गुप्तधन लेकर सीधा कोलकाता चले जाने को प्लान बना लिया था। लेकिन इतने आराम की नौकरी छोड़कर गुप्तधन के प्रति वह क्यों आकृष्ट हुए थे। महीतोष बाबू ने तो उन्हें राजा की तरह रखा था। वेतन भी अच्छा देते थे, यह बात तड़ित बाबू के पहनावे, उनकी घड़ी, प्रसाधन

वगैरह देखकर अन्दाज लगाई जा सकती है। इतनी महँगाई के जमाने में भी वह विदेशी सिगरेट पीते थे।"

आज सुबह से आसमान में फिर बादल छाए हुए थे, लेकिन बारिश नहीं हो रही थी। खिड़की से जंगल की तरफ नजर जाते ही बदन सिहर उठता था। फेलूदा ने अभी-अभी कहा था कि एक बार महीतोष बाबू से मिलना जरूरी है। इतने में नौकर ने आकर हमें नीचे चलने के लिए कहा, वैसे भी कुछ समय पहले जीप की आवाज सुनाई पड़ी थी। नीचे पहुँचकर देखा वहाँ इंस्पेक्टर साहब बैठे थे।

"अब आप सन्तुष्ट हैं न?" मिस्टर विश्वास ने फेलूदा को देखते ही पूछा।

"आपकी बात समझ में नहीं आई।"

"आपको तो एक रहस्य मिल गया है। इसी घर से हथियार ले जाकर किसी ने तड़ित बाबू की हत्या की है। यह तो आपके लिए एक बहुत जबरदस्त खबर है, मैं ठीक कह रहा हूँ न?"

"घर में तलवार नहीं होने का मतलब यह तो नहीं है कि हत्या उसी से आप भी जरूर ऐसा नहीं सोच रहे हैं।"

दोनों बड़ी शालीनता से बातें कर रहे थे लेकिन साफ समझा जा सकता था कि दोनों के बीच एक छुपी प्रतिद्वन्द्विता चल रही थी, जिसका कोई मतलब नहीं होता; लेकिन मिस्टर विश्वास ने ही पहले ठेस पहुँचाने वाली बातें शुरू की थीं।

फेलूदा एक सिगरेट सुलगाकर बोले, "मैं अभी तक किसी नतीजे पर नहीं पहुँचा हूँ। लेकिन आप सोचते हैं कि मैं सन्तुष्ट हूँ तो मैं कहने को मजबूर हूँ कि यह आपकी गलतफहमी है, हत्या के मामले में मैं कभी सन्तुष्ट नहीं होता। खासकर तड़ित बाबू की तरह एक प्रखर बुद्धि के व्यक्ति

का इतनी कम उम्र में जिन्दगी से हाथ धोना, इसमें सन्तुष्ट होने के क्या कारण हैं मिस्टर विश्वास?"

"प्रखर बुद्धि!" मिस्टर विश्वास व्यंग्यात्मक स्वर से बोले, "एक बुद्धिमान व्यक्ति इस तरह बुद्धिभ्रष्ट क्यों हो जाएगा कि आधी रात में खतरनाक जंगल में घूमने चला गया? इसकी कोई सटीक व्याख्या है आपके पास मिस्टर मित्तिर?"

"जरूर है।"

हम तीनों के अतिरिक्त उस कमरे में और तीन व्यक्ति थे—महीतोष बाबू, मिस्टर विश्वास और शशांक बाबू। तीनों ही जैसे फेलूदा की बातों से घबराकर उनकी तरफ देखने लगे। फेलूदा बोले, "तड़ित बाबू के जंगल में जाने का एक स्पष्ट कारण था।" अब फेलूदा महीतोष बाबू की तरफ देखकर बोले, "आपकी पहेली का अर्थ हमने निकाल लिया है महीतोष बाबू! लेकिन मुझसे भी पहले तड़ित बाबू ने इसका अर्थ निकाल लिया था। इसलिए बाघ की खाल उन्हें ही मिलनी चाहिए थी। मेरा विश्वास है कि तड़ित बाबू गुप्तधन की तलाश में जंगल में गए थे।

महीतोष बाबू की आँखें बड़ी-बड़ी होती देखकर फेलूदा ने उन्हें पूरा मामला बता दिया। पोपले फकीर के पेड़ के बारे में सुनकर महीतोष बाबू हैरत से बोले, "मुझे तो ऐसे किसी पेड़ की जानकारी नहीं है।"

"लेकिन आपके भाई साहब तो कह रहे थे कि आपलोग बचपन में अपने दादा जी के साथ पिकनिक मनाने वहीं जाते थे?"

"भाई साहब कहे रहे थे?" महीतोष बाबू की बातों में व्यंग्य स्पष्ट था, "भाई साहब की बातें कितनी सच, और कितनी मनगढ़न्त होती है क्या

आपको इसका अन्दाजा है? आप भूल रहे हैं कि भाई साहब की दिमागी हालत ठीक नहीं है।"

फेलूदा चुप हो गए। देवतोष बाबू की मानसिक अस्वस्थता को लेकर वे उन्हीं के भाई से कैसे उलझ सकते थे।

लेकिन महीतोष बाबू का चेहरा एकदम फीका पड़ चुका था। अपने हाथ रगड़ते हुए बोले, "इसका मतलब तड़ित गुप्तधन लेकर कोलकाता भागना चाहता था। शायद वह दोबारा वापस नहीं आता। उसके इरादों का मुझे कुछ पता भी नहीं चला।"

मिस्टर विश्वास सोफे से उठाकर अपनी बाईं हथेली पर दाहिने हाथ से घूँसा मारकर बोले, "चलो उनके जंगल में जाने का एक कारण तो मिला। अब पता लगाना होगा हत्यारा कौन है।"

"इस घर के ही किसी व्यक्ति का हाथ है इसमें शायद कोई शक नहीं रह गया है।" फेलूदा सिगरेट से धुएँ के छल्ले उड़ाते हुए बोले।

मिस्टर विश्वास व्यंग्यात्मक तरीके से हँसकर भौंहें सिकोड़कर बोले, "हाँ आपका कहना तो ठीक है। लेकिन इस घर के लोगों में आप भी शामिल हैं मिस्टर मित्तिर, आपने खुद भी अपनी आँखों से वह तलवार देखी थी। उसे निकालने का मौका जैसे इस घर के लोगों के पास था उसी तरह आपके पास भी था। तड़ित बाबू को आप पहले से जानते थे या नहीं, उनसे आपकी दुश्मनी थी या नहीं, यह तो हम नहीं जानते हैं।"

मिस्टर विश्वास की बातें सुनकर फेलूदा एक बार और धुएँ का छल्ला उड़ाते हुए बोले, "केवल दो बातें सभी जानते हैं। एक, हम यहाँ आमंत्रित होकर आए हैं, अन्यथा हमारी यहाँ आने की कोई योजना नहीं थी। इसके अलावा तड़ित बाबू की मृत्यु छुरे से होने की सम्भावना मैंने ही व्यक्त की थी। नहीं तो यह हत्या बाघ के नाम पर निपटा दी जा रही थी।"

अब मिस्टर विश्वास थोड़ा मुस्कराकर बोले, "आप मेरी बातों को इतनी गम्भीरता से क्यों ले रहे हैं? घबराइए मत, हमारा निशाना आपकी ओर नहीं, दूसरी ओर है।"

मैंने गौर किया यह बात कहने के बाद मिस्टर विश्वास और महीतोष बाबू के बीच शायद पल-भर के लिए नजरों का आदान-प्रदान हो गया था। फेलूदा बोले, "आप कल जो बात कह रहे थे उस बात पर अभी भी टिके हुए हैं।"

"कौन-सी बात?" मिस्टर विश्वास ने पूछा।

"मैं अपनी इच्छानुसार जाँच जारी रख सकता हूँ कि नहीं?"

"जरूर, जरूर। केवल मेरे और आपके काम के बीच कोई टकराव पैदा नहीं होना चाहिए। एक-दूसरे के काम में अड़चन डालने से परेशानी खड़ी होती हैं।"

"शायद ऐसी कोई सम्भावना नहीं है। मैं तो मूलत: जंगल में ही अपना काम करूँगा, इसमें शायद आपकी ज्यादा दिलचस्पी नहीं है।"

"एनीथिंग यू लाइक।" मिस्टर विश्वास बोले।

फेलूदा अब महीतोष बाबू की तरफ देखकर बोले, "आप कह रहे थे कि देवतोष बाबू से बात करने का कोई मतलब नहीं है।"

महीतोष बाबू अधीर हुए या नहीं, कह नहीं सकता लेकिन एक बार लगा कि उनकी चौड़ी ठुड्डी थोड़ी भिंच गई। स्वाभाविक होकर शान्त गम्भीर भाव से बोले, "भाई साहब की तबीयत कल से कुछ ज्यादा ही खराब है। उन्हें डिस्टर्ब करना ठीक नहीं होगा।"

फेलूदा राखदानी में सिगरेट बुझाकर बोले, "मैं तो अनिश्चित काल तक आपका मेहमान बनाकर नहीं रह सकता, और रहना भी नहीं चाहता।

कल ही हम लोगों के रहने का अन्तिम दिन है। आपसे कहा था कि मैं एक बार जंगल जाना चाहता हूँ। अगर आप माधवलाल को साथ कर दें और अपनी कोई जीप...।"

दोनों का इन्तजाम हो गया था। अभी सुबह के साढ़े आठ बज रहे थे। तय हुआ था हम लोग दस बजे तक निकल पड़ेंगे। जंगल में चलने-फिरने के लिए मेरे और फेलूदा के पास हंटिंग बूट थे, फेलूदा ने निकालकर पहन लिए थे। मैं जानता था मुझे शायद जीप से उतरने ही नहीं दिया जाएगा और लालमोहन बाबू खुद ही उतरना नहीं चाहेंगे। लेकिन अब लालमोहन बाबू को देखकर मैं अचम्भित हो गया था। बेडरूम में जाकर उन्होंने धोती के बदले खाकी पैंट पहन ली थी और अब बक्से से एक भारी-भरकम बूट निकालकर पहन रहे थे। फेलूदा ने एक बार तिरछी नजरों से उन्हें देखा, लेकिन कुछ नहीं बोले।

"अच्छा, मैंने सुना है बाघ की नजर बड़ी खतरनाक होती है? क्या यह सच है?" बूट पहनकर मिलिट्री मिजाज में चहल-कदमी करते-करते लालमोहन बाबू ने पूछा। फेलूदा तैयार होकर खिड़की के सामने खड़े थे। अब केवल जीप और शिकारी का इन्तजार था। उन्होंने लालमोहन बाबू के सवाल के जवाब में कहा, "हाँ यह तो है ही, लेकिन शिकारियों का यह कहना है कि बाघ इनसान से डरता है। कोई आदमी अगर बाघ को देखकर उसकी आँखों में आँखें डालकर कुछ देर तक खड़े रहने की हिम्मत दिखा सके तो बाघ उलटे मुँह भाग जाता है। और अगर आँखों से काम नहीं बने तो हाथ-पाँव पटककर शोर मचाने से भी काम हो सकता है।"

"लेकिन आदमखोर के मामले में?"

"वह तो दूसरी बात है।"

"तो ऐसा कहिए न। ऐसी हालत में तब आप क्यों...?"

"मैं क्यों जा रहा हूँ? क्योंकि दिन के समय बाघ निकलने की सम्भावना नहीं के बराबर होती है। अगर बाघ निकले भी तो साथ में बन्दूक तो रहेगी ही। मामला अगर गड़बड़ लगे तो झटपट जीप में चले जाएँगे।"

इसके बाद जीप आने से पहले लालमोहन बाबू ने एक ही बात कही—

"हत्या का मामला कुछ समझ में नहीं रहा है महाशय! एकदम टोटल डार्कनेस।"

फेलूदा बोले, "इस अन्धकार को मिटाया जा सके, इसी की कोशिश चल रही है लालमोहन बाबू। उनकी कोशिश को नाकाम करना ही हमारा लक्ष्य है।"

9

जिस जगह तड़ित बाबू का शव मिला था, हम लोग आज उसी जगह खड़े थे। उस दिन भी हम इसी समय आए थे, लेकिन आज कुछ समय पहले बादल छँटकर धूप निकल जाने से कॉफी रोशनी हो गई थी। इधर-उधर पत्तों के बीच से जमीन पर सूर्य की किरणें आ रही थीं। और उस दिन की अपेक्षा आज चिड़ियाँ भी ज्यादा चहचहा रही थीं। किसी भी चिड़िया की आवाज सुनते ही उसको लालमोहन बाबू अपने आसपास बाघ होने का संकेत समझ रहे थे।

तड़ित बाबू का शव उस दिन सुबह ही वहाँ से हटा लिया गया था। कलकत्ता में टेलीफोन से यह खबर पाकर उनके बड़े भाई साहब आए थे। अन्तिम संस्कार वे ही कर गए थे। आज उस बाँस-झाड़ी के आसपास उस दिन की भयावह घटना का कहीं कोई चिह्न नहीं था। फिर भी फेलूदा बड़ी बारीकी से वहाँ की जमीन की जाँच कर रहे थे। माधवलाल भी फेलूदा के साथ काम में जुटा था। इस काम में वह बहुत उत्साहित नजर आ रहा था। मुझे वह भला इनसान लग रहा था। उसका चेहरा भी आकर्षक था। हँसता तो गाल में दो गड्ढे बन जाते थे, भौंहें न सिकोड़ने पर भी उसके माथे पर पाँच-छह लकीरें खिंची होती थीं। जीप में आते-आते उसने बताया था—'वन विभाग से आदमखोर की खबर फैल जाने से इस बीच कुछ शिकारियों में बाघ मारने का आग्रह प्रदर्शित किया था। उनमें से एक कर्सियांग के चाय

बागान के मैनेजर मिस्टर सप्रू आजकल में ही आ जाने वाले थे। तराई के जंगल में कभी बाघों का शिकार किया है। खुद माधवलाल ने ही ढेरों बाघ, हिरण, और जंगली सुअरों का शिकार किया था।, उन्हीं में से एक किस्सा उसने अभी-अभी सुनाना शुरू किया ही था कि इतने में फेलूदा ने अचानक बाँस-झाड़ी की ओर से उसे पुकारा। माधवलाल तुरन्त उधर चला गया। उसके पीछे-पीछे हम लोग भी गए। यहाँ कहना जरूरी है कि आज हम लोगों के जीप से उतरने पर फेलूदा ने कोई पाबन्दी नहीं लगाई थी।

फेलूदा जमीन पर उँकड़ू बैठकर एक बाँस की जड़ की तरफ देख रहे थे।

"जरा देखिए तो, यह क्या चीज है?" फेलूदा ने माधवलाल से कहा।

माधवलाल की पदवी दुबे थी। वह साहबगंज का रहने वाला था, लेकिन बांग्ला बोलने-समझने में उसे कोई परेशानी नहीं होती थी।

बाँस के पेड़ पर एक गोली लगाने का निशान स्पष्ट नजर आ रहा था।

लालमोहन बाबू अवाक होकर हमारी तरफ देख रहे थे। फेलूदा भी अवाक थे। यह उनके चेहरे से समझा जा सकता था। वे असहिष्णु होकर अपनी हथेली पर तीन मुक्के मारकर बोले, "यह दाग पुराना है या नया, हमें कोई बता सकता है?"

माधवलाल बोला, "दो दिनों से अधिक पुराना हो ही नहीं सकता।"

'क्या हो सकता है?...क्या हो सकता है?'...फेलूदा अपने आपसे बोले, "बन्दूक...तलवार...सब कुछ गड़बड़ हो रहा है। तड़ित बापू को मारे गए तलवार की खरोंच, बाघ को मारी गई गोली...वह गोली बाघ को लगी भी नहीं थी। या फिर..."

माधवलाल ने बाँस की झाड़ियों के नीचे से कुछ उठा लिया। खाली आँखों से कुछ साफ दिखाई नहीं दे रहा था। पास जाकर देखा, दो इंच लम्बे कुछ बाल थे।

"क्या बाघ के बाल हैं?" फेलूदा बोले।

माधवलाल बोला, "बाघ के बाल हैं, गोली उसे छूते हुए निकल गई होगी।"

"इसीलिए बाघ थोड़ा मांस खाकर भाग गया होगा?

"लगता है यही होगा।"

फेलूदा एक-दो कदम करके धीरे-धीरे आगे बढ़ रहे थे। माधवलाल भी हाथ में बन्दूक लेकर सतर्क नजरों से देखते हुए फेलूदा का अनुसरण कर रहा था। हम लोगों ने उन दोनों के बीच की सबसे सुरक्षित जगह चुन ली। फेलूदा की जेब में रिवॉल्वर था, यह तो मैं जानता था और उसमें कारतूस भी भरे हुए थे। लेकिन उससे तो बाघ को कुछ नहीं होगा। पीछे से एक गाड़ी की आवाज सुनकर समझ गया था, जीप भी हमारे पीछे-पीछे ही आ रही है। हमारे और जीप के बीच दूरी कम हो गई थी लेकिन ऐसा होने के बावजूद जीप हमारे नजदीक नहीं आ सकती थी, क्योंकि हम लोग सड़क से दूर जंगल के भीतर आ गए थे।

तीन मिनट इस तरह चलने के बाद अचानक फेलूदा की नजर किसी चीज पर पड़ जाने से फेलूदा दाहिनी ओर तेज चाल से तिरछा चलते हुए आगे बढ़ गए। उधर एक काँटेदार झाड़ी थी। उसमें एक कपड़े का टुकड़ा फँसा हुआ था। कपड़ा हरे रंग का था। तड़ित बाबू की कमीज का टुकड़ा था, इसमें सन्देह नहीं था। माधवलाल के कुछ न बताने के बावजूद हम लोगों ने अन्दाजा लगा लिया कि बाघ के तड़ित बाबू को मुँह में उठाकर ले जाते समय झाड़ी के काँटों में फँसकर तड़ित बाबू की कमीज का एक हिस्सा फटकर झाड़ी में निशानी के रूप में रह गया था।

अब देखा, माधवलाल हम लोगों को पीछे छोड़कर खुद ही आगे बढ़ गया था। समझा गया कि अब वह ही हम लोगों को रास्ता दिखाकर ले

जाएगा क्योंकि उसने अन्दाजा लगा लिया था कि बाघ किस रास्ते से आया था। हम लोगों की बात ध्यान में रखकर ही वह शायद धीरे-धीरे चल रहा था क्योंकि चारों तरफ काँटेदार झाड़ियाँ मौजूद थीं।

सामने एक इमली का पेड़ था। उसके तने के पास से जमीन ढलुवाँ बनकर नीचे उतर गई थी। शायद इसीलिए वह जगह सूखी हुई थी। माधवलाल वहाँ पहुँचकर रुक गया। उसकी नजर जमीन पर थी। जल्दी ही हम लोग भी वहाँ पहुँच गए।

हम लोगों ने पहले कभी ये निशान नहीं देखे थे। फिर भी हमें समझने में असुविधा नहीं हुई कि हम लोग बाघ के पैरों के निशान देख रहे थे। हम लोग जिस तरफ जा रहे थे पैरों के निशान भी उसी तरफ चले गए थे।

काँपते हुए, धीमी आवाज में लालमोहन बाबू बोले, "यह क्या दो पैरों वाला बाघ था?"

माधवलाल हँस पड़ा। फेलूदा बोले, "बाघ ऐसे ही चलते हैं। वे आगे और पीछे के पैर एक ही जगह रखते हैं। इसीलिए लगता है वे दो पैर से चल रहे हैं। माघवलाल आगे-आगे चल रहा था, हम उसके पीछे-पीछे चल रहे थे। अब जीप की आवाज आनी भी बन्द हो गई थी। शायद हार कर कहीं खड़ी हो गई थी। कहीं से पानी की कलकल ध्वनि कानों में आ रही थी। आसपास नाले या नाले की तरह कुछ और हो सकता था। लालमोहन बाबू का नया बूट शुरू-शुरू में कुछ ज्यादा ही मचमचा रहा था, जिस पर फेलूदा ने टिप्पणी की थी कि वह आदमखोर के उकसाने के लिए सर्वोत्तम है, लेकिन कीचड़ में गीला हो जाने के कारण वह आवाज अब लगभग बन्द हो गई थी।

एक सेमल का पेड़ पार करके दो-चार कदम आगे जाकर माधवलाल फिर रुक गया।

"आपके पास रिवॉल्वर है न?"

अब हम लोगों की नजर बीस हाथ दूर घास की ओर गई। घास को चीरते हुए कोई चीज इधर आ रही थी।

"करैत!" माधवलाल ने कहा।

इस नाम से परिचित था। भयानक जहरीला साँप।

अब साँप लोगों की आँखों के सामने था। वह रुककर घास के ऊपर सिर उठाकर स्थिर नजरों से हम लोगों को देख रहा था। उसका फण नहीं था। पूरे शरीर पर काले और पीले डोरे थे।

फेलूदा ने कब रिवॉल्वर निकाल लिया था पता ही नहीं चला। देखा, एक भयंकर आवाज के साथ साँप का सिर क्षत-विक्षत हो गया है। एक और गोली चली। अब साँप पूरी तरह बेजान हो गया। पेड़ों पर चिड़ियाँ शोर मचाने लगी थीं। दूर किसी पेड़ पर बन्दर किचकिचा रहे थे। केवल माधवलाल बोला—"शाबाश!" और लालमोहन बाबू के मुँह से छींकने, खाँसने और हँसने की एक विचित्र सामूहिक आवाज निकली, फिर वे चुप हो गए।

फेलूदा को बाईं तरफ जाते हुए देखकर माधवलाल ने उन्हें मना किया। बोला, "उस तरफ एक नाला है, जिसे पार करते ही ऊँचे पत्थरों वाला एक टीला है और बहुत सारे पत्थर पड़े हैं। वह बाघ के आराम करने का बहुत आदर्श स्थान है। उस तरफ जाना खतरे से खाली नहीं है।" मजबूरन फेलूदा को माधवलाल के निर्देशानुसार सीधी तरफ ही जाना पड़ा।

पूरा जंगल एक समान घना नहीं था। बाईं तरफ देखने से समझा जा सकता था, नाले की वजह से उधर का जंगल थोड़ा विरल हो गया था। जानवरों के नाम पर कभी-कभार बन्दर ही नजर आ रहे थे। वे पूँछ लपेटकर एक डाल से दूसरे डाल पर झूल रहे थे। एक पेड़ से दूसरे पेड़ पर बड़ी सहजता से आ-जा रहे थे और हमें देखकर मुँह बिरा रहे थे। फेलूदा ने सोचा

होगा कि कुछ और जाँच करने से कुछ और सुराग हाथ लग सकता है, लेकिन इस बार लालमोहन बाबू के हाथ ही एक सुराग लग गया। उनकी बूट से टकराकर कोई चीज दस हाथ दूर जाकर गिरते ही हम सब की निगाहें उस पर चली गईं।

वह एक गहरे भूरे रंग का चमड़े का मनीबैग था। फेलूदा द्वारा बैग खोलते ही सौ-सौ के दो नोट और कुछ छोटे नोट निकल आए थे। ये सभी बड़ी पॉकेट में थे। बैग की दूसरी जेब से कुछ बदरंग बीस पैसे के डाक-टिकट, एक दो कैश-मेमो और एक दवा का पर्चा मिला था। पानी में भीग जाने से बैग खस्ताहाल हो गया था लेकिन उसमें रखे नोट आसानी से उपयोग में लाए जा सकते थे।

फेलूदा ने बैग की सभी चीजें दोबारा बैग में रखकर उसे कमीज की आगेवाली जेब में रख लिया।

हम लोगों ने फिर चलना शुरू कर दिया। यहाँ पहुँचकर जंगल फिर घना हो गया था। चारों तरफ बड़े-बड़े शाल के पेड़ थे। उनके बीच कहीं-कहीं दूसरे पेड़ भी थे—सागौन, शीशम, आम, कटहल, छातिम आदि। कहीं-कहीं अर्जुन वृक्ष भी थे। मैं जानता था कि फेलूदा की इन सब पेड़ों पर खास नजर थी और मैं यह भी जानता था कि अर्जुन के पेड़ के आसपास कहीं ताड़ का कोई पेड़ नजर नहीं आया था। माधवलाल ने इस बीच पॉकेट से चाकू निकालकर पेड़ से दो डालें काटकर मुझे और लालमोहन बाबू को पकड़ा दीं। हम दोनों लाठी की तरह उसका इस्तेमाल कर रहे थे। फेलूदा ने चलते-चलते ही माधवलाल से पूछा, "बाघ के पैरों के निशान देखकर बहुत कुछ पता लगाया जा सकता है न?"

"हाँ, यह तो बहुत बड़ा बाघ लग रहा है?"

मैं मन-ही-मन सोच रहा था—वह बाघ एक आदमी का शव मुँह में दबाकर इतनी दूर ले आया था, मतलब वह बाघ बेहद ताकतवर होगा।

लेकिन एक आदमी का वजन बहुत अधिक तो नहीं होता है। सुना है बाघ भैंसों को भी मारकर इसी तरह मुँह में दबाकर ताल-तलैया, नहर लाँघकर मीलों दूर ले जाता है। महीतोष बाबू की पुस्तक में ही लिखा था, बाघ की खाल निकालते ही केवल मांसपेशियाँ ही नजर आती हैं।

अब फेलूदा ने माधवलाल से एक और सवाल पूछा।

"महीतोष बाबू ने इस जंगल में कभी शिकार नहीं किया है न!"

माधवलाल ने बताया कि वह महीतोष बाबू के इस अन्धविश्वास के बारे में जानता था लेकिन उसका कहना था कि ऐसा अन्धविश्वास अनेक शिकारियों में मिलता है। मेरे अन्दर नहीं है लेकिन मेरे पिता जी के अन्दर था। जवानी में बाघ मारने से पहले एक बार उनके हाथ में खुजली पत्ता लग गया था और उस दिन उन्होंने लगभग दस फीट लम्बे एक बाघ को बन्दूक की एक गोली से घायल कर दिया था। तब से बाघ के शिकार के लिए निकलते समय वह हाथ में खुजली पत्ता मसल लेते थे।

फेलूदा बोले, "जिम कॉर्बेट में भी एक अन्धविश्वास था। आदमखोर की शिकार में निकलने से पहले सुबह अगर उन्हें कोई साँप दिख जाता था तो वे प्रसन्न हो जाते थे। महीतोष बाबू के बाप-दादे दोनों इसी जंगल में बाघ के हाथों मारे गए थे, इसीलिए महीतोष बाबू का इस जंगल में शिकार करने में आपत्ति होना स्वाभाविक था।"

माधवलाल के पीछे-पीछे करीब बीस मिनट तक चलने के बाद फेलूदा को वह चीज मिल गई, असल में जिस चीज की तलाश में वह थे। हल्के बैंगनी रंग के छोटे-छोटे फूलों से भरी एक झाड़ी के पास रंगीन पत्थरों से जड़ा एक हत्था नजर आ रहा था। उसका इस्पात वाला हिस्सा झाड़ियों के पीछे था।

आदित्यनारायण की तलवार!

उस चीज पर नजर पड़ते ही फेलूदा ने बाघ की तरह खामोशी से लपककर उस तलवार को उठा लिया।

ध्यान से देखने से अभी भी तलवार की नोक पर कत्थई रंग के खून का निशान नजर आता था।

फेलूदा तलवार उठाकर इधर-उधर घुमाकर देखकर बोले, "इसका मतलब हत्या की जगह यहाँ से ज्यादा दूर नहीं है। और थोड़ा आगे चला जाए माधवलाल जी?"

माधवलाल बोला, "और सौ गज चलने से तो मन्दिर आ जाएगा।"

"किसका मन्दिर?"

"यहाँ के लोग उसे काटा ठाकुरानी का मन्दिर कहते हैं। उसके भीतर कुछ नहीं है, केवल दालान टूटी-फटी हालत में खड़ा है।"

कल शाम को ही काटा ठाकुरानी के मन्दिर के बारे में मैंने सुना था। देवतोष बाबू कह रहे थे कि उसी मन्दिर के पश्चिम में पोपले फकीर का पेड़ है।

फेलूदा कुछ कहे बिना आगे बढ़ गए। उनके हाथ में आदित्यनारायण की तलवार थी। उन्हें देखकर लग रहा था जैसे वे भी शेरशाह की तरह तलवार से बाघ मारने जा रहे थे।

काटा ठाकुरानी का मन्दिर बहुत पुराना मन्दिर था यह तो उसको देखकर ही समझा जा सकता था। उसकी दरारों में पीपल के पेड़ उग रहे थे। उसके शिखर को बगल के बरगद के पेड़ की जटाओं ने इस कदर कसकर जकड़ रखा था मानो उसकी जान निकाल ली थी। लेकिन फेलूदा की नजर मन्दिर की तरफ नहीं थी, उनकी नजर मन्दिर के दाहिने तरफ थी। वहाँ से लगभग बीस हाथ की दूरी पर सचमुच ही पीपल का एक प्रकांड बूढ़ा पेड़ सूखी हुई शाखाएँ-प्रशाखाएँ फैलाकर खड़ा था। उस पेड़ पर पत्तियाँ न के बराबर थीं।

फेलूदा के पीछे-पीछे हम लोग भी साँस रोककर पेड़ के नजदीक पहुँचे। उस खोखल के चारों तरफ अव्यवस्थित रूप से पेड़ की शिराओं-उपशिराओं ने मिलकर एक दाढ़ीवाले बूढ़े का चेहरा उभार दिया था। दाढ़ी भी जैसे खोखल के ठीक नीचे उगी थी। मुँह खोले पोपले बूढ़े के चेहरे से उस पेड़ के तने का अद्भुत मेल था।

फेलूदा की नजरें फिर घूम गई थीं।

"उधर क्या उत्तर दिशा है?" फेलूदा ने माधवलाल से पूछा।

"हाँ—वही उत्तर है।"

"होना ही होगा, वह रहा अर्जुन का पेड़, और वे रहे ताड़ के जुड़वा पेड़।"

अवाक होकर देखा, बिलकुल पहेली से मेल खाता था। "पचपन हाथ ही होगा। इसमें भी कोई गलती नहीं है," कहकर फेलूदा अर्जुन के पेड़ की तरफ बढ़ गए थे।

अर्जुन के पेड़ के पास पहुँचकर ताड़ के पेड़ों की तरफ दो-चार कदम चलते ही एक झोपड़ी के पीछे कीचड़ और पानी से भरा हुआ एक बहुत बड़ा गड्ढा नजर आया। यह साफ था कि वह गड्ढा दो-चार दिन पहले ही खोदा गया होगा।

और यह भी पता चल रहा था कि उसके भीतर से गगरे–जैसी कोई चीज निकाली गई थी।

"गुप्तधन गायब?" लालमोहन बाबू अब जाकर अपना मुँह खोला।

फेलूदा का चेहरा बहुत गम्भीर हो गया। हालाँकि इसे कोई नया रहस्य नहीं कहा जा सकता। साफ है जिसने तड़ित बाबू का कत्ल किया है उसने ही गुप्तधन हथिया लिया है। फेलूदा फिर भी गड्ढे की तरफ देखते हुए कुछ देर खामोश खड़े रहे। फिर बोले, "तुम लोग थोड़ा सुस्ता लो, तब तक मैं आसपास का थोड़ा जायजा ले लेता हूँ।"

सच कहूँ तो इतनी देर तक दबे कदम काँटों से बचते हुए जंगल में चलने के बाद काफी थका हुआ महसूस कर रहा था। मैं और लालमोहन बाबू को सुस्ताने का मौका पाकर बहुत अच्छा लग रहा था। पोपले फकीर के पेड़ के नीचे एक जगह ढूँढ़कर हम लोग जमीन पर बैठ गए। माधवलाल पेड़ के तने से बन्दूक टिकाकर हमारे सामने बैठकर, तेरह साल की उम्र में वह किस तरह भालू के हमले से बच गया था, वही कहानी सुना रहा था। लेकिन मैं पूरी तरह कहानी पर ध्यान नहीं दे रहा था क्योंकि मेरी नजर फेलूदा की तरफ थी। वे एक नया चारमीनार सिगरेट सुलगा कर होंठों में दबाकर मन्दिर के आसपास की जगह का निरीक्षण कर रहे थे। एक बार लगा उन्होंने सिगरेट का एक टुकड़ा उठाकर उसे फेंक दिया, फिर घुटनों के बल जमीन पर बैठकर कमर झुकाकर नाक को जमीन के पास ले जाकर कुछ देखने लगे।

करीब दस मिनट तक बारीकी से निरीक्षण करने के बाद फेलूदा मन्दिर में चले गए। फेलूदा की हिम्मत की दाद देनी होगी। बाहर से मन्दिर का भीतरी हिस्सा अँधेरे कुएँ की तरह नजर आ रहा था। कभी वहाँ दसभुजा की मूर्ति थी, कालापहाड़ की कृपा से उस मूर्ति का सिर, चांर हाथ और पेट का कुछ हिस्सा कट गया था। उसके बाद से ही उसका नाम पेटकाटी या काटा ठाकुरानी का मन्दिर पड़ गया था। अभी वह मन्दिर जरूर साँप, तक्षक और गिरगिट की रिहाइश बन गया था, बावजूद इसके फेलूदा बड़े इतमीनान से मन्दिर के भीतर जाकर उसका निरीक्षण करके एक मिनट में ही बाहर आकर रहस्यमय ढंग से बोले, "अजीब बात है। उजाले के लिए अन्धकार में जाना पड़ता है। यह तो मैं आज पहली बार देख रहा हूँ।"

"क्यों महाशय, डार्कनेस गॉन?" लालमोहन बाबू बोले।

"कुछ हद तक," फेलूदा बोले, "अमावस के बाद 'प्रतिपदा' का चाँद कह सकते हैं।"

"तो मिस्टर, सोलह कला पूर्ण होने में अभी बहुत समय लगेगा।"

"आप केवल चाँद की बात क्यों कर रहे हैं? सूर्य नाम की भी तो कोई वस्तु है। रात खत्म होते ही उसका दर्शन मिलना चाहिए।"

"इसका मतलब कल ही क्लाइमैक्स हो जाएगा। यही न?"

"मैं ज्यादा कुछ नहीं कह रहा हूँ लालमोहन बाबू! केवल इतना कह रहा हूँ कि आज पहली बार उजाले का संकेत मिला। चल तोपशे, घर चलें।"

10

हम लोग दस बजे निकले थे, लौटते-लौटते करीब साढ़े बारह बज गए थे। फेलूदा ने सोचा था जाते ही तलवार महीतोष बाबू को सौप देंगे, लेकिन घर पहुँचकर पता चला कि वे और शशांक बाबू कहीं निकल गए हैं। वन-विभाग के बड़े साहब आकर कालबुनी जंगल के डाकबंगले में ठहरे हैं। दोनों उन्हीं से मिलने गए हैं। मजबूरन उस तलवार को हमें फिलहाल अपने कमरे में अपने पास ही रखना पड़ा।

अपने कमरे में आने से पहले हम लोग नीचे कुछ समय बिताकर आए थे। फेलूदा के दिमाग में न जाने क्या चल रहा था; वह ऊपर न जाकर सीधा 'ट्रॉफी रूम' में चले गए। उसी कमरे में, जहाँ जानवरों की खालें, खोपड़ियाँ और रैक में बन्दूकें रखी हुई थीं। फेलूदा ने रैक से एक-एक बन्दूक लेकर उनकी नलियों, ट्रिगरों, बटों और सेफ्टी कैच को बड़े गौर से देखा। लालमोहन बाबू कुछ कहना चाहते थे लेकिन फेलूदा ने उन्हें डाँटकर चुप रहने के लिए कहा।

"यह समय बोलने का नहीं है लालमोहन बाबू, सोच-विचार करने का है।"

लालमोहन बाबू इतने दिनों से फेलूदा के साथ रहते-रहते उनकी गतिविधियों से भली-भाँति परिचित हो गए थे। इसलिए वे आगे कुछ भी नहीं बोले।

ऊपर पहुँचकर अपने कमरे की तरफ जाते-जाते फेलूदा अचानक ठिठक गए, उनकी नजर देवतोष बाबू के कमरे पर थी।

"अरे यह क्या, भाई साहब के कमरे में ताला क्यों?"

"अरे हाँ! वे सज्जन अपना कमरा छोड़कर कहाँ चले गए हैं? और ताला लगाकर जाने का क्या कारण हो सकता है?"

फेलूदा ने क्या सोचा मैं नहीं जानता। वे कुछ बोले नहीं। हम लोग चुपचाप अपने कमरे में चले गए।

फेलूदा की इस मानसिक स्थिति को मैं बहुत अच्छी तरह समझता हूँ। किसी जटिल रहस्य का समाधान करने के प्रारम्भिक स्तर पर फेलूदा की मानसिक स्थिति ऐसी ही होती है यानी कि दो मिनट तक भौंहे सिकोड़कर कुछ सोचने के बाद फिर खड़े हो जाना, फिर कुछ देर चलकदमी करते-करते अचानक रुककर सिर झुकाकर आँखें बन्द करके दाहिने हाथ की तर्जनी से धीरे-धीरे माथे पर ठहोका मारना, फिर चहलकदमी करना, बैठना—कुछ ऐसी ही अस्थिरता। इसी तरह एक बार पलंग से उठकर चहलकदमी करते-करते सोचते हुए बोले, "जब यहाँ कोई नहीं है, देवतोष बाबू के कमरे में भी ताला लगा है तो हम इसी बीच थोड़ी छानबीन कर लें तो बुरा क्या है?"

इतना कहकर फेलूदा कमरे से निकल गए। मैंने दरवाजे से झाँककर देखा, इधर-उधर नजरें घुमाकर वह महीतोष बाबू के कमरे में चले गए।

बाघ के पंजों के निशान देखने के बाद से लालमोहन बाबू का साहस बढ़ गया था। वह अभी बड़े आराम से चीते की खाल के ऊपर लेटकर उसके सिर को तकिया बनाकर बोले, "कितनी शुभ घड़ी में महीतोष बाबू को पुस्तक भेंट की थी, जरा सोचो। नहीं तो क्या ऐसी रोमांचक उपलब्धि मिल पाती? आज सुबह की घटना के बारे में ही सोचो—बाँस के भीतर बुलेट,

घास के बीच में साँप, रायल बंगाल के पंजों के निशान, पुराने मन्दिर का खंडहर, गुप्तधन, बूढ़े पीपल का पेड़—और क्या चाहिए। अब बस एक बार आदमखोर का सामना हो जाए तो बस यह उपलब्धि पूरी हो जाएगी।"

"आप सचमुच चाहते हैं कि आदमखोर से आपका सामना हो जाए?" मैंने उनसे पूछा।

"अब डरने की कोई वजह नहीं है।" एक बड़ी अँगड़ाई लेकर लालमोहन बाबू बोले, "माधवलाल की तरह शिकारी और फेलू मित्तिर जैसा शिकारी आगे-पीछे रहने से आदमखोर के बाप की भी हिम्मत कुछ करने की नहीं होगी।"

लालमोहन बाबू लगभग सो गए थे। मैं महीतोष बाबू की लिखी शिकार की पुस्तक पढ़ रहा था, इतने में फेलूदा आ गए।

"कुछ हासिल हो पाया?"

फेलूदा के कदमों की आहट पाते ही लालमोहन बाबू झट से उठकर बैठ गए।

फेलूदा का चेहरा गम्भीर था। बोले, "जो ढूँढ़ रहा हूँ वह नहीं मिला, और वही बेहद महत्त्वपूर्ण है।"

उसके बाद कुछ देर तक खिड़की की तरफ मुँह करके खड़े रहकर बोले, "युधिष्ठिर के रथ का पहिया जमीन को क्यों स्पर्श किया था, जानते हैं लालमोहन बाबू?"

"वही 'अश्वत्थामा हत ईति गज' वाला मामला है न?"

"हाँ। युधिष्ठिर ने पूरी तरह सच नहीं कहा था इसीलिए। लेकिन आज के समय झूठ बोलने से ही रथ का चक्का जमीन स्पर्श कर लेगा, ऐसी कोई बात नहीं है। आज के जमाने में इनसान ही इनसान को उसके किए की सजा दे सकता है, भगवान नहीं।"

इसके बाद एक जीप की आहट सुनने के कुछ ही समय के भीतर

नौकर ने आकर सूचना दी, "खाना परोसा जा चुका है, साहब भी आ गए हैं, चलकर खाना खा लीजिए।"

महीतोष बाबू के घर खाना-पीना अच्छा ही होता है। आम दिनों में भी ऐसा ही होता है या नहीं, यह मैं कह नहीं सकता। लेकिन जिस दिन से हम लोग यहाँ हैं, रोजाना चिकन बनता है। कल रात अँग्रेजों की तरह रोस्ट बना था। लालमोहन बाबू काँटा-चम्मच सँभाल नहीं पा रहे थे, यह देखकर महीतोष बाबू बोले कि चिड़िया का गोश्त हाथ से खाने पर साहबियाने में कोई फर्क नहीं पड़ता। आज भी खाने की व्यवस्था अच्छी थी, लेकिन शुरू से ही बातचीत ऐसे गम्भीर माहौल में शुरू हुई कि भोजन का स्वाद लेने का खास मौका नहीं मिला।

हम लोगों के डाइनिंग रूम में घुसते ही महीतोष बाबू बोले, "मिस्टर मित्तिर, पहेली का मामला जब खत्म ही हो गया है तो अधिक दिनों तक आप लोगों को यहाँ रोके रखने का कोई मतलब नहीं होता। इसीलिए आप कहें तो आप लोगों के लौटने का बन्दोबस्त हमारा आदमी कर देगा। वह आदमी जलपाईगुड़ी जा रहा है, आपका रिजर्वेशन कराता आएगा।"

फेलूदा कुछ देर खामोश रहकर बोले, "हम लोग भी सोच रहे थे आपकी मेहमानबाजी का फायदा अब और नहीं उठाएँगे। लेकिन आपको अगर ज्यादा आपत्ति न हो तो हम आज रहकर कल रवाना होना चाहेंगे। आप समझ ही सकते हैं मैं एक जासूस हूँ। मेरे सामने एक व्यक्ति का कत्ल हो गया है। उसकी जाँच अधूरी छोड़ जाने से मन को तसल्ली नहीं मिलेगी। मैं ही जाँच करूँ या पुलिस करे मगर किस तरह से कत्ल हुआ है इसका पता चल जाने से मन को सन्तोष होता।"

महीतोष बाबू भोजन छोड़कर सीधे फेलूदा की तरफ देखकर गम्भीर स्वर में बोले, "शान्त मन से हत्या करनेवाला ऐसा कोई व्यक्ति मेरे घर में

नहीं है मिस्टर मित्तिर!"

फेलूदा ने जैसे यह बात सुनी ही नहीं। वे बोले, "आपके बड़े भैया को क्या कहीं और ले जाया गया है? देख रहा था उनके कमरे में ताला बन्द है।"

महीतोष बाबू उसी तरह गम्भीर स्वर में बोले, "बड़े भैया कमरे में ही हैं। लेकिन कल से उनकी तबीयत थोड़ी ज्यादा ही खराब है। उन्होंने दवाई नहीं ली थी। इसीलिए उन्हें थोड़ा संयत रखना पड़ रहा है। नहीं तो आप लोगों पर भी आफत आ सकती है। आप लोग भी तो उसी मंजिल पर रहते हैं। वे यूँ भी बाहरी लोगों को शक की नजरों से देखते हैं। इतना ही नहीं, जिन ऐतिहासिक चरित्रों के बारे में उनके मन में बुरी धारणा है, वे बाहरी व्यक्तियों को वही चरित्र या उनका अनुगामी होने की कल्पना करते हैं। तड़ित बाबू को तो एक दिन कालापहाड़ समझकर उनका गला ही दबा दिया था। संयोग से मौके पर पहुँचकर मैंने किसी तरह उसे छुड़वाया था।

फेलूदा बिना रुके इतमीनान से भोजन करते-करते बोले, "तड़ित बाबू का कत्ल होना ही अकेला मामला नहीं है। आपका गुप्तधन भी किसी ने उसी रात हड़प लिया है।"

"यह आप क्या कह रहे हैं?" महीतोष बाबू के मुँह का कौर हाथ में ही रह गया। "गुप्तधन नहीं है, यह आप देख आए हैं?"

"हाँ गुप्तधन नहीं है, लेकिन तलवार मिल गई है और उस पर खून के निशान भी हैं।"

महीतोष बाबू काफी देर तक हक्का-बक्का बैठे रहे। अब फेलूदा ने अपना तीसरा बम फोड़ा।

"बाघ जब तड़ित बाबू को खाने में व्यस्त था उस समय उस पर किसी ने गोली भी चलाई थी। वह गोली बाँस के तने में लगी थी। वह गोली शायद बाघ को छूती हुई निकल गई थी क्योंकि वहाँ पर कुछ बाल भी मिले

हैं जो वहीं पड़े थे। इन सब घटनाओं को देखकर साफ समझा जा सकता है कि उस रात एकाधिक लोग अलग-अलग उद्देश्य से जंगल की एक खास जगह पर घूम फिर रहे थे।"

"पोचर!"

शशांक बाबू ने बड़े अप्रत्याशित रूप से यह बात कहीं थी। 'पोचर' यानी चोरी-छिपे शिकार करनेवाला व्यक्ति। शिकार के विरुद्ध कानून बनने के बाद भी ये लोग चोरी-छिपे शिकार करते हैं—बाघ की खाल, हिरण के सींग, गैंडे का सींग आदि बेचते हैं। यहाँ तक कि बाघ, भालू के बच्चों को भी कभी-कभी पकड़कर बेचते हैं।

शशांक बाबू बोले जा रहे थे—"तड़ित का कत्ल जिस किसी ने भी किया हो, उसको बाघ उठाकर ले जाने के बाद जंगल में जरूर कोई पोचर आया था। पोचर ने ही गोली चलाई थी और वहीं गोली बाघ को छूती हुई बाँस के तने में धँस गई थी।"

फेलूदा धीरे-धीरे सिर हिलाकर बोले, "यह एकदम असम्भव तो नहीं है। इसीलिए बन्दूक के मामले को लेकर हमें ज्यादा सोचने की आवश्यकता नहीं है। लेकिन बाकी दो रहस्य तो अनसुलझे रह ही जाते हैं।"

"दो नहीं, एक", महीतोष बाबू बोले, "गुप्तधन! यह मिलना जरूरी है। उसके न मिलने पर सिंहराय परिवार का इतिहास अधूरा रह जाएगा। उसे हर हाल में ढूँढ़ना ही होगा।"

"तो फिर, आप एक काम क्यों नहीं करते?" फेलूदा बोले, "हम सब मिलकर एक बार और वहाँ चलते हैं, वह जगह काटा ठाकुरानी के मन्दिर के पास है।"

महीतोष बाबू ने जंगल जाने में आपत्ति नहीं की। लेकिन उससे क्या होता, शाम के साढ़े तीन बजे चारों तरफ अँधेरा छा गया और मूसलाधार बारिश होने लगी। जब शाम के साढ़े छ: बजे तक बारिश नहीं रुकी तो हम लोगों ने जंगल जाने की उम्मीद छोड़ दी। फेलूदा गम्भीर थे। वे अब बिलकुल खामोश हो गए थे। हम लोगों के चले जाने से महीतोष बाबू को प्रसन्नता होगी, यह उनकी बातों से साफ झलक रहा था। कल भी अगर मौसम ऐसा ही रहा तो शायद फेलूदा को तड़ित बाबू की हत्या का रहस्य सुलझाए बिना ही लौटना होगा। हालाँकि मैं समझ नहीं पा रहा था कि काटा ठाकुरानी के मन्दिर में जाने से ही फेलूदा के मन का अन्धकार कैसे दूर हो जाता। लेकिन वह भीतर ही भीतर काफी दूर तक आगे बढ़ गए थे, यह उनकी आँखों की चमक देखकर मैं समझ रहा था।

इस बीच हम तीनों ही बाहर बरामदे में जाकर खड़े हो गए थे। उस समय ग्रांडफादर क्लॉक में साढ़े पाँच बज रहे थे। देवतोष बाबू के कमरे का दरवाजा अभी भी बन्द था। लालमोहन बाबू फुसफुसाकर बोले, "एक बार जाफरी (खड़खड़ी) उठाकर देख आते तो अच्छा होता, वह क्या कर रहे हैं? इस समय यहाँ आसपास कोई है भी नहीं।"

हालाँकि, फेलूदा ने लालमोहन बाबू की अनेक अन्य बातों की तरह इस बात की भी अनसुनी कर दी।

सात बजे बादल छँट गए थे। आसमान में तारे निकल आए थे। लग रहा था गहरे काले आसमान में अभी-अभी किसी ने पॉलिश करके तारों को चिपका दिया है। फेलूदा तलवार हाथ में पकड़कर पलंग पर बैठे थे। हम दोनों अभी-अभी खिड़की के सामने जाकर खड़े हुए थे। तभी लालमोहन बाबू मेरे कमीज की आस्तीन खींचकर फुसफुसाकर बोले, "पतली टॉर्च।"

चौकीदार का घर हम लोगों के कमरे की खिड़की से साफ-साफ नजर आता था। हम लोगों के घर और चौकीदार के घर के बीच गुलंच का एक पेड़ था। उसके नीचे एक व्यक्ति दौड़कर आया था। टॉर्चवाला एक अन्य व्यक्ति उस व्यक्ति की तरफ बढ़ गया था। यह ऐसी टॉर्च थी जो घर के प्लग पाइंट में लगाकर चार्ज की जाती है। छोटा बल्ब, छोटा शीशा लेकिन काफी तेज रोशनीवाली टॉर्च होती है।

अब फेलूदा भी कमरे की बत्ती बन्द करके हम लोगों के पास आकर खड़े हो गए थे।

'माधवलाल', फेलूदा फुसफुसाकर बोले।

जो आदमी इन्तजार कर रहा था वह मुझे भी माधवलाल ही लग रहा था, क्योंकि इस अन्धकार में भी पीली कमीज का रंग कुछ-कुछ पहचाना जा रहा था। लेकिन जो व्यक्ति टॉर्च लेकर उसके पास जा रहा था, उसे पहचानना बहुत मुश्किल था। वह महीतोष बाबू भी हो सकते थे, उनके बड़े भैया भी हो सकते थे, शशांक बाबू भी हो सकते थे, या फिर कोई और भी हो सकता था।

अब टॉर्च बुझा दी गई। लेकिन दोनों खड़े होकर अत्यन्त धीमे स्वर में बातें कर रहे थे, इसमें कोई शक नहीं था। थोड़ी देर बाद पीली कमीज थोड़ी हिली और टॉर्च की रोशनी हमारे घर की तरफ बढ़ने लगी। फेलूदा ने कुछ देर बाद कमरे की बत्ती जला दी।

लालमोहन बाबू शायद अपने तरीके से जासूसी में लग गए थे। तभी तो वह अचानक झट से बरामदे में जाकर न जाने क्या देख आए।

"क्या देखा? दरवाजे में अभी भी ताला लगा है?" फेलूदा ने पूछा।

"हाँ।" लालमोहन बाबू असहजता से हँसकर बोले।

"आप क्या सोच रहे हैं कि वे ही माधवलाल के पास गए थे?"

"महाशय, मैंने तो पहले ही कहा था, बड़े भाई मुझे अच्छे नहीं लग रहे हैं, पागलपन बहुत भयंकर चीज है। हमारे नॉर्थ कलकत्ता में एक पागल था। वह अपर सर्कुलर रोड के बीचोबीच खड़े होकर ट्राम और बसों पर बेमतलब पत्थर मारता था। कितनी भयंकर बात है, कहिए।"

"देवतोष बाबू के कमरे का दरवाजा बन्द रहने से क्या साबित होता है?"

"मतलब वह नीचे नहीं गए थे।"

"आप यह कैसे कह सकते हैं? वे सज्जन उस तालाबन्द दरवाजे के पीछे हैं भी या नहीं, यह आप कैसे कह सकते हैं, दिनभर में उनकी कोई आवाज मिली है आपको?"

लालमोहन बाबू जैसे बिलकुल हतोत्साह हो गए थे। बोले, "मैं इतनी कोशिश करता हूँ कि मेरी और आपकी सोच एक ही दिशा में चले, लेकिन कुछ गड़बड़ हो जाती है।"

"गड़बड़ नहीं। कोलिशन अर्थात टक्कर। आप तो उलटी तरफ चलते हैं। आप पहले अपराधी तय कर लेते हैं फिर उस पर अपराध थोपने की कोशिश करते हैं। और मैं अपराध को पहचानकर अपराधी को ढूँढ़ने का प्रयास करता हूँ।"

"इस मामले में भी ऐसा ही कर रहे हैं?"

"इसके सिवा कोई चारा भी नहीं है, लालमोहन बाबू!"

"कहाँ से शुरू किया है?"

"कुरुक्षेत्र।"

इसके बाद लालमोहन बाबू ने कोई सवाल नहीं किया।

हम लोगों की मच्छरदानी बदल दिए जाने के कारण अब हमारी नींद में कोई विघ्न नहीं पड़ रहा था। लेकिन आधी रात में एक चीख सुनकर

हड़बड़ाकर उठना पड़ा। फेलूदा चीख रहे थे। वह कमरे के बीचोबीच खड़े थे। उनके हाथ में आदित्यनारायण की तलवार थी। बाहर की चाँदनी उसके इस्पात की नोक पर पड़ने से वह चमक रही थी। लेकिन जिस बात को चीख में सुनकर नींद खुल गई थी, फेलूदा ने उसे दोबारा और दोहराया मगर उतनी जोर से नहीं, कुछ धीरे से "यूरेका! यूरेका!"

आर्कमीडिज भी अपनी एक नई खोज के बाद खुशी से यही ग्रीक शब्द बोलकर चीख उठे थे। उस शब्द का अर्थ है—'मिल गया'। फेलूदा को क्या मिल गया था, समझ नहीं पाया।

11

सुबह चाय खतम होते ही शशांक बाबू को अपने कमरे में आते देखकर थोड़ा अटपटा लगा था। फेलूदा ने बड़ी खातिरदारी से उन्हें बैठाकर कहा, "आपके साथ खुलकर बातचीत ही नहीं हो पाई है। महीतोष बाबू के दोस्त होने के कारण आपको भी बहुत तरह का तजुर्बा होगा।"

शशांक बाबू मेज के पास कुर्सी पर बैठकर बोले, "तजुर्बा क्या आज से है, महीतोष के साथ हमारी दोस्ती पचास साल पुरानी है। वही स्कूल के दिनों से।"

"आप से कुछ पूछ सकता हूँ?"

"महीतोष के बारे में?"

"नहीं, तड़ित बाबू के बारे में।"

"कहिए।"

"आपके हिसाब से वह कैसे आदमी थे?"

"बहुत भले, बेहद बुद्धिमान, अत्यन्त धैर्यवान युवक था तड़ित।"

"और काम के हिसाब से।"

"असाधारण "

"मेरा भी यही खयाल है।"

इस बार शशांक बाबू फेलूदा पर नजरें गड़ाकर बोले, "मैं आपसे एक अनुरोध करने आया हूँ।"

"कहिए।"

शशांक बाबू को आज पहली बार सिगरेट पीते हुए देख रहा था। फेलूदा का ही दिया हुआ एक सिगरेट सुलगाकर धुआँ छोड़ते हुए बोले, "इन तीन दिनों में आपको भी बहुत तरह का तजुर्बा हो गया है। आप स्वयं

भी बहुत बुद्धिमान हैं, इसलिए आम आदमियों से निश्चय ही आपने ज्यादा देखा है, सुना है, समझा है। आज शायद यहाँ आपका आखिरी दिन है। आज क्या होने जा रहा है मैं नहीं जानता। चाहे कुछ भी हो, लेकिन इस खास जगह

के इस खास जमींदार परिवार के बारे में आपने जो कुछ देखा है, जान लिया है, अगर आप उसे गोपनीय रख सकें और अपने इन बन्धुओं से भी गोपन रखने के लिए कहें तो मैं अत्यन्त कृतज्ञ रहूँगा। मैं जानता हूँ, महीतोष भी ऐसा ही चाहता है। बंगाल के किसी भी जमींदार परिवार का इतिहास उलटने पर अनेक अप्रिय-अद्‌भुत घटनाएँ उजागर हो जाएँगी। उसी तरह से सिंहराय परिवार के इतिहास में भी ऐसी बहुत सारी अप्रिय घटनाएँ छुपी हुई हैं, यह कहने की आवश्यकता नहीं है।"

फेलूदा बोले, "शशांक बाबू, मैं तीन दिनों से महीतोष बाबू की मेहमाननवाजी का आनन्द ले रहा हूँ। मैं उनका कृतज्ञ हूँ। मैं कलकत्ता पहुँचकर इस परिवार की बदनामी करूँगा, ऐसा नहीं हो सकता। मैं वादा करता हूँ।"

इसके बाद शायद यह सवाल पूछे बिना फेलूदा से रहा नहीं गया—

"देवतोष बाबू के कमरे में कल से ताला लगा हुआ देख रहा हूँ। इस बारे में आप कुछ बता सकते हैं?"

शशांक बाबू ने विचित्र निगाह से फेलूदा की तरफ देखा, फिर बोले, "आज का दिन बीतने से पहले ही आप समझ जाएँगे।

"पुलिस छानबीन कर रही है?"

"नहीं।"

"यह कैसी बात हुई? अचानक छानबीन बन्द करने की वजह?"

"जिसकी तरफ सन्देह की नजर पड़ी है, महीतोष बाबू नहीं चाहते हैं कि पुलिस उन्हें परेशान करे।"

"आप देवतोष बाबू की बात कर रहे हैं?"

"और कौन हो सकता है, कहिए?"

"अगर कत्ल देवतोष बाबू ने ही किया है, फिर भी वे अपराधी नहीं माने जाएँगे, क्योंकि उनका तो दिमाग खराब है।"

"फिर भी खबर तो चारों तरफ फैल जाएगी! महीतोष बाबू यह भी नहीं चाहते हैं।"

"सिंहराय परिवार की मर्यादा की रक्षा की खातिर?"

"ऐसा ही समझिए!" कहकर शशांक बाबू चले गए।

साढ़े आठ बजते-बजते हम लोग निकल पड़े। आज भी हमारे साथ दो जीपें थीं। एक में फेलूदा, लालमोहन बाबू और मैं। दूसरी में महीतोष बाबू, शशांक बाबू, माधवलाल और महीतोष बाबू का एक नौकर। आज हमारे साथ तीन बन्दूकें थीं। एक माधवलाल ने ली थी, दूसरी महीतोष बाबू ने और तीसरी फेलूदा ने। बन्दूक लेने का इरादा फेलूदा का ही था। फेलूदा के रिवॉल्वर चलाने की बात माधवलाल ने ही महीतोष बाबू को बड़े विस्तार से बताई थी। इसीलिए उनके बन्दूक लेने के आग्रह पर महीतोष बाबू ने किसी प्रकार की आपत्ति नहीं की थी। बोले, "आप अपनी पसन्द की एक बन्दूक निकाल लीजिए। अगर आप बाघ मारने के लिए ही लेना चाहते है तो थ्री-सेवन-फाइव ले सकते हैं।

वह सब नम्बर-सम्बर मैं नहीं समझता, लेकिन राइफल बहुत जबरदस्त है यह देखने से ही पता चलता है।

लालमोहन बाबू के भीतर भी एक दबी उत्तेजना थी, क्योंकि फेलूदा ने आदित्यनारायण की तलवार उन्हें पकड़ा दी थी। देते समय बोले थे, "बहुत सँभालकर रखिएगा। आज के नाटक में इसकी बहुत अहमियत है।"

सुबह जब आँखें खुली थीं तब आसमान साफ था। लेकिन अब फिर बादल घिरने लगा था। कल की बारिश की वजह से रास्ते में कीचड़ हो गया था, जिस कारण हम लोगों को पहुँचने में काफी समय लगा था। काटा ठाकुरानी का मन्दिर जंगल के काफी भीतर था, जीप वहाँ तक नहीं पहुँच

पाती, जीप कल जहाँ पर रुकी थी आज वहाँ से और आधी मील अन्दर जाकर रुक गई थी। माधवलाल यहाँ का रास्ता पहचानता था, बोला, "एक नाला पार करके पन्द्रह मिनट चलकर हम लोग पहुँच जाएँगे।"

बादलों की हल्की गरज और पेड़ों के पत्ते हिलानेवाली हल्की-हल्की हवा के बीच हमारा अभियान शुरू हुआ था। गाड़ी से उतरने के पहले ही फेलूदा ने राइफल में कारतूस को भर लिया था। महीतोष बाबू ने अपनी बन्दूक खुद नहीं उठाई थी; वह उनके नौकर पर्वत सिंह के पास थी। सुना है पर्वत सिंह हर बार शिकार में महीतोष बाबू के साथ जाता था। वह छोटी कद-काठी का हृष्ट-पुष्ट चेहरे का आदमी था। देखने से पता चल जाता था कि वह अत्यन्त बलवान व्यक्ति है।

आज थोड़ी दूर चलने के बाद हिरणों का एक झुंड देखकर मन नाच उठा। लेकिन दूसरे ही क्षण दिल धड़क उठा। इसी जंगल में ही कहीं वह आदमखोर बाघ छुपा हुआ होगा। वैसे तो बाघ शिकार की खोज में अनायास ही पचीस-तीस मील रोज चलकर एक जंगल से दूसरे जंगल में घूमते-फिरते रहते हैं; लेकिन यह बाघ अगर जख्मी हो गया था तो उसके लिए ज्यादा दूर जाना सम्भव नहीं था। जंगल भी पहले की तरह घना और फैला नहीं था। बीते बीस-पच्चीस सालों में मीलों तक पेड़ काटकर वहाँ खेती की जमीन निकाली गई थी, चाय-बागान लगाए गए थे, बस्तियाँ बस गई थीं, इसीलिए बाघ दूर चला गया होगा इसकी सम्भावना बहुत कम थी। दिन में बाघ नहीं निकलता है यह बात सही है लेकिन बादल छाए होने के कारण निकलना असम्भव नहीं था। यह जानकारी कल रात ही फेलूदा ने मुझे दी थी।

जिस नाले को आज हम लोग पार करके आए थे कल भी उसी नाले को पार किया था। कल नाला लगभग सूखा था लेकिन आज उसमें कल-कल स्वर में पानी बह रहा था। नाले के किनारे बालू था, आज उस बालू पर जानवरों के पैरों के निशान थे। बाघ के नहीं लेकिन हिरण, सुअर और

लोमड़ी के पैरों के निशान थे। माधवलाल ने उन निशानों से हमें परिचित करवा दिया था। हम लोग नाला पार करके उस पार जंगल में पहुँच गए थे। एक कठफोड़वा रह-रहकर बोल रहा था। दूर कहीं से मोर की आवाज आ रही थी, झींगुर भी लगातार बोल रहे थे। पैरों के सामने घास पर रह-रहकर सर-सर आवाज हो रही थी। हम समझ रहे थे गिरगिट का झुंड इनसान के पैरों के नीचे कुचल जाने की आशंका से एक झाड़ी से दूसरी झाड़ी के पीछे भाग रहा था।

आखिर हम उस परिचित जगह पर पहुँच गए थे। कल हम लोग दूसरे रास्ते से यहाँ आए थे। यहीं वह तलवार मिली थी। हमारा दलनायक माधवलाल अत्यन्त सतर्कता से बिना कोई आवाज किए दबे पाँव से आगे-आगे चल रहा था और उसकी देखा-देखी हम लोग भी उसी तरह चलने की कोशिश कर रहे थे। वैसे भी जमीन गीली होने के कारण जमीन में नमी थी, सूखे पत्ते के बावजूद कोई आहट नहीं थी।

सामने पेड़ों के बीच से ईंटों की दीवार नजर आ रही थी। काटा ठाकुरानी के टूटे हुए मन्दिर की दीवार थी। हम सब चुपचाप बिना बोले और बिना किसी आहट के मन्दिर के सामने पहुँच गए। वहाँ पहुँचकर हम रुक गए।

उस दिन पोपले फकीर का पेड़, अर्जुन का पेड़ और जुड़वाँ ताड़ के पेड़ों की तरफ नजर रहने के कारण आसपास और भी कितने तरह के पेड़ थे, उस तरफ हम लोगों का ध्यान ही नहीं गया था। उन पेड़ों के बीच से मन्द-मन्द हवा आ रही थी और नाले की कल-कल ध्वनि सुनाई दे रही थी। मन्दिर के पीछे ही नाला था। जन्तु-जानवर उस नाले में पानी पीने आते थे बाघ आते थे, आदमखोर भी आता था।

फेलूदा अर्जुन और जुड़वाँ पेड़ों के बीच के गड्ढे की तरफ चले गए। महीतोष बाबू भी उनके पीछे-पीछे गए। आज उस गड्ढे में और पानी

भर गया था। फेलूदा उस तरफ अँगुली से इशारा करके स्तब्धता तोड़ते हुए पहली बार बोले, "इसी गड्ढे में आदित्यनारायण का गुप्तधन था।"

"तो...वह गया कहाँ?" महीतोष बाबू दबे स्वर में बोले।

"नजदीक ही है, लेकिन हाँ, अगर कल ही किसी ने हटा न लिया हो।"

महीतोष बाबू की आँखें चमक उठी थीं।

"है? आप सच कह रहे हैं कि खजाना है?"

"आपको पता है उस गुप्तधन में क्या है?" फेलूदा ने बदले में सवाल किया।

उत्तेजना के कारण महीतोष बाबू के माथे की नस फूल गई। चेहरा लाल हो गया। बोले, "न जानने पर भी अन्दाज लगा सकता हूँ। मेरे पूर्वज यशवन्त सिंहराय कोचबिहार के राजा नारायण भूप के सेनानायक थे, यशवन्त राय के उपार्जित रुपये थे—नारायण राय की अपनी टकसाल में ढले थे। नाम नारायणी टका है। वे रुपये हमारे घर में थे—एक हजार से भी ज्यादा चाँदी के रुपये, चार सौ साल पुराने। आदित्यनारायण ने जब उन रुपयों को छिपाकर रखा था, उस समय उनका मानसिक सन्तुलन बिगड़ने लगा था। साठ वर्ष की उम्र में उन्हें बच्चों जैसी शरारत सूझ रही थी। उनकी मृत्यु के बाद उस धन का कोई अता-पता नहीं था। इतने दिनों में इस पहेली ने उसका पता बता दिया है। वह धन मुझे चाहिए मिस्टर मित्तिर। उसे मैं खोना नहीं चाहता।"

फेलूदा महीतोष बाबू से ध्यान हटाकर अब मन्दिर की तरफ जा रहे थे। मन्दिर के पास पहुँचकर अचानक मेरी तरफ मुड़कर बोले, "यह बन्दूक जरा पकड़ तो तोपशे। मन्दिर के अन्दर रिवॉल्वर से ही काम चल जाएगा।"

मेरा हाथ काँप रहा था। किसी तरह अपने को सँभालकर मैंने बन्दूक पकड़ ली। यह इतनी ज्यादा भारी हो सकती है, उसे देखकर मैं सोच भी नहीं सकता था।

फेलूदा मन्दिर के टूटे दरवाजे से मन्दिर के भीतर चले गए। मन्दिर का चौखट पार करते समय मैंने उन्हें जेब में हाथ डालते देखा।

पाँच गिनने से पहले से ही लगातार दो बार रिवॉल्वर की गोलियों की आवाज सुनकर मेरे रोंगटे खड़े हो गए। उसके बाद मन्दिर के भीतर से फेलूदा की आवाज सुनाई दी।

"महीतोष बाबू अपने आदमी को जरा अन्दर तो भेजिए।"

पर्वत सिंह अपने मालिक को बन्दूक पकड़ाकर मन्दिर के भीतर चला गया। अगले ही क्षण कीचड़ में लथपथ एक पीतल का घड़ा लेकर निकल आया। उसके पीछे फेलूदा भी बाहर आ गए। महीतोष बाबू पर्वत सिंह के पास दौड़ते हुए पहुँचे। फेलूदा बोले, "साँप का भी चाँदी के रुपयों के प्रति आकर्षण हो सकता है, यह तो पहले मैंने सोचा ही नहीं था। मैंने कल ही उसकी सीटी की आवाज सुनी थी, आज देखा, बाबा जी सस्नेह आलिंगन करके बैठे हैं। महीतोष बाबू ने हाथ की बन्दूक फेंककर उस घड़े से चाँदी के एक मुट्ठी रुपये निकाले ही थे कि इतने में एक हिरण बोल उठा और उसके बाद आसपास के पेड़ों पर एक साथ पक्षियों और बन्दरों ने शोर मचाना शुरू कर दिया।

उसके बाद कुछ ही क्षणों में इतनी सारी घटनाएँ एक साथ घट गई थीं कि सोचने में दिमाग गड़बड़ा जाता है। पहले तो महीतोष बाबू में एक अद्भुत परिवर्तन दिखाई दिया। अभी कुछ क्षण पहले जो व्यक्ति एक साथ चाँदी के इतने रुपये देखकर खुशी से पागल हो रहा था अचानक वे रुपये फेंककर करंट लगने की तरह छिटककर एक छलाँग में तीन हाथ पीछे चला गया। हम जहाँ थे वहीं पत्थर की तरह खड़े थे। फेलूदा ने पहले मुँह खोला मगर दबे स्वर में फुसफुसाकर कहा, "तोपशे पेड़ पर चढ़ जा। लालमोहन बाबू आप भी।"

मेरी बगल में ही पोपले फकीर का पेड़ था। फेलूदा को बन्दूक थमाकर उस पोपले में पैर रखकर हाथ बढ़ाकर जमीन से दस हाथ ऊपर पहुँच गया। उसके बाद लालमोहन बाबू ने अपने हाथ की तलवार मुझे पकड़ाकर एक अद्‌भुत कांड कर डाला। हालाँकि उन्होंने उसके बाद मुझसे कहा था कि बचपन में आमता में रहते समय वे पेड़ों पर बहुत चढ़े थे। लेकिन चालीस साल की उम्र में भी वे इस तरह पल भर में हमसे भी पहले इस तरह एक झटके में डाल पर चढ़े जाएँगे यह मैंने सपने में भी नहीं सोचा था।

बाकी सारी घटनाएँ मैं ऊपर से ही देख रहा था। लालमोहन बाबू कुछ देर के बाद और नहीं देख पाए थे। वे अचेत हो गए थे। लेकिन उनके हाथ-पैर इस तरह पेड़ की चौड़ी डाल के दोनों तरफ लटक रहे थे कि वे नीचे जमीन पर गिरे नहीं। चारों तरफ से तरह-तरह के पशु-पक्षियों की चीख-पुकार नजदीक ही कहीं बाघ के होने का रहा अहसास दिला रही थी। बाघ के यहाँ आने का एक अन्य कारण भी था जो हम लोगों ने बाद में जाना था। असली बात तो यही थी कि बाघ के आने की आहट पाकर ही फेलूदा ने हमें पेड़ पर चढ़ने के लिए कहा था।

सर्वाधिक अनोखी बात तो महीतोष बाबू ने की थी। उनका यह रूप भी किसी दिन देखूँगा यह बात मेरी कल्पना में भी नहीं थी। मैं अवाक होकर देख रहा था, वह फेलूदा की तरफ देखकर दाँत भींचकर कह रहे थे, "मिस्टर मित्तिर, अगर आपको अपनी जान प्यारी है तो यहाँ से चले जाइए।"

"कहाँ जाऊँ महीतोष बाबू?"

दोनों के हाथों में बन्दूकें थीं। महीतोष बाबू की बन्दूक फेलूदा की तरफ उठ रही थी।

"कह रहा हूँ, आप चले जाइए।" महीतोष बाबू दोबारा बोले, "उस तरफ जीप है। आप चले जाइए। यह मेरा आदेश है आप..."

महीतोष बाबू की बात खत्म भी नहीं हुई थी कि उसी समय एक

बाघ की दहाड़ से पूरा जंगल काँप उठा। लग रहा था एक बाघ नहीं, पचास हिंसक जानवर एक साथ गरज रहे हैं। तभी मैंने पेड़ के ऊपर से देखा—मन्दिर के पीछे दूसरे अर्जुन के पेड़ की सफेद शाखाओं के बीच से तेज सुलगती आग की तरह की जलती हुई एक लकीर, जिसने लम्बी-लम्बी घासों के पीछे से निकलकर एक भयंकर विशाल बाघ का रूप ले लिया था! वह बाघ काटा ठाकुरानी के मन्दिर की दाहिनी तरफ से हम लोगों की इस खाली जगह की तरफ चला आ रहा था।

महीतोष बाबू अपनी बन्दूक सँभाल नहीं पा रहे थे। एक तो बन्दूक भारी थी, ऊपर से उनका हाथ थर-थर काँप रहा था।

दूसरी तरफ फेलूदा की बन्दूक की नली ऊपर उठ रही थी, हमारे साथ और भी तीन आदमी थे—शशांक बाबू, माधवलाल और पर्वत सिंह। पर्वत सिंह अभी-अभी एक जोरदार छलांग लगाकर भाग गया था। बाकी दो लोग क्या कर रहे थे, कह नहीं सकता, क्योंकि मेरी नजर एक बार बाघ की तरफ तो एक बार फेलूदा की तरफ आ-जा रही थी।

अब बाघ मन्दिर के पास पहुँच गया था।

बाघ रुक गया था। उसका शरीर अजीब तरीके से झुक गया था, यह उसके छलाँग लगाने के पहले की स्थिति थी, जिसे घात लगाना कहते हैं। इस तरह छलाँग लगाकर बाघ एक भैंसे को भी...

धाँय, धाँय!

तभी लगभग एक साथ दो बन्दूकें गरज उठीं, मेरे कान सुन्न जैसे हो गए। एक क्षण के लिए नजरें भी धुँधला गईं। उसी बीच मैंने देखा बाघ एक छलांग लगाकर शून्य में किसी अवरोध से टकराकर उलटी तरफ पलटी खाकर गुप्तधन के कलश के बिलकुल करीब जाकर गिरा था, उसकी पूँछ के झटके से उस कलश से निकलकर चार-सौ साल पुराने नारायणी रुपये बिखर गए थे।

फेलूदा ने अपनी बन्दूक नीची कर ली थी। माधवलाल बोला, "वह मर गया है।"

"जरा बताइए तो वह किसकी बन्दूक की गोली से मरा है?"

फेलूदा ने यह सवाल पूछा। महीताष बाबू जवाब देने की स्थिति में नहीं थे। वह सिर झुकाए सिर पकड़कर जमीन पर बैठे थे। उनके हाथ से छीनी हुई बन्दूक इस समय शशांक बाबू के हाथ में थी।

शशांक बाबू बाघ के नजदीक जाकर बोले, "जरा इधर आकर देखिए मिस्टर मित्तिर, एक गोली ठुड्डी के नीचे से होकर खोपड़ी आर-पार हो गई है; दूसरी गोली कान के बगल से भीतर गई है, दोनों में से किसी भी गोली से बाघ मर सकता है।"

12

जुड़वाँ बन्दूकों की आवाज सुनकर उत्तर दिशा के गाँव से काफी लोग भागे चले आए थे। वे सब बड़े खुश होकर बाघ को मन्दिर के पास ले जाकर उसे बाँस में बाँधकर कन्धों पर उठाने को तैयारी कर रहे थे। यही बाघ आदमखोर था, इसमें कोई शक नहीं था। बाघ के शरीर पर और दो गोलियों के निशान थे। एक पीछे के पैर पर, दूसरा ठुड्डी के नीचे। इन्हीं जख्मों में से किसी एक जख्म के कारण बाघ शिकार करने की अपनी स्वाभाविक क्षमता खोकर इनसान को अपना निशाना बना रहा था। उस बाघ की उम्र भी काफी हो गई थी यह उसके गाल के दोनों तरफ के बालों को देखकर साफ पता चल रहा था।

पर्वत सिंह वापस आ गया था। उसने महीतोष बाबू का हाथ पकड़कर उठाकर उन्हें मन्दिर की टूटी सीढ़ियों पर बैठा दिया था। वह अभी भी बार-बार पसीना पोंछ रहे थे। लालमोहन बाबू की चेतना लौट आई थी। वे पेड़ से उतनी सहजता से नहीं उतर पाए थे जितनी सहजता से चढ़े थे। उतरने के लिए उन्हें मेरा सहारा लेना पड़ा। उतरते ही उन्होंने जैसे कुछ नहीं हुआ था ऐसा जाहिर करते हुए मेरे हाथ से उस तलवार को ले लिया।

कुछ देर चुप रहने के बाद फेलूदा ने चुप्पी तोड़ी—

"महीतोष बाबू, आप बेकार परेशान हो रहे हैं, आपके शिकार की अक्षमता के बारे में मैं किसी से चर्चा नहीं करूँगा, मैं शशांक बाबू से यह वादा कर चुका हूँ। बहुत पहले से ही मेरी ऐसी ही आशंका थी। लालमोहन बाबू को लिखी आपकी चिट्ठी में आपका हस्ताक्षर देखकर मैंने सोचा था कि आप एक अत्यन्त वृद्ध व्यक्ति हैं, जब लिखते समय आपका हाथ काँपता है तो आप बन्दूक कैसे उठाते होंगे यही बात मुझे परेशान कर रही थी। हाँ, ऐसा जरूर हो सकता है कि आपका हाथ अभी हाल ही में अपंग हुआ हो; और पुस्तक में आपने जिन शिकारों का वर्णन किया है वह शिकार आपने ही किए होंगे। लेकिन आपके भाई साहब ने मेरे मन में नया सन्देह जगा दिया था। देवतोष बाबू अटपटी बातें करते हैं, उनकी एक बात से दूसरी बातों का कोई सूत्र नहीं रहता है लेकिन उनकी बातों से मुझे कभी यह महसूस नहीं हुआ कि वे मनगढ़न्त झूठी बातें कर रहे हैं। वह जो कुछ कहते हैं, उसमें कुछ-न-कुछ अर्थ छुपा होता है। मुझे तो ऐसा लगता है। आपने शिकार पर पुस्तक लिखी है, निश्चित ही यह बात वह जानते थे। और उसके लिए आपने इतने बड़े झूठ का सहारा लिया, इससे उन्हें बहुत दु:ख हुआ। दो बार मैंने उन्हें इसके लिए आक्षेप करते सुना, सब लोगों के हाथों में हथियार अनुशासन नहीं मानता, यह भी उन्होंने..."

फेलूदा को बीच में रोककर महीतोष बाबू चीख उठे—"अनुशासन मानता था। सात साल की उम्र मैंने एयरगन से शालिक चिड़िया मारी है, चँडुई मारी है पचास गज की दूरी से लेकिन...।

महीतोष बाबू की नजर बूढ़े पीपल के पेड़ की तरफ चली गई। वह फिर बोले, "एक दिन पिकनिक मनाने आकर उस पेड़ पर चढ़ा था—उसी डाल पर, जिस पर आपका भाई चढ़ा था। बड़े भैया बोले, बाघ आ रहा है और मैंने बाघ देखने के लिए छलाँग...।"

"अपना हाथ तोड़ लिया?"

"कम्पाउंड फ्रैक्चर" महीतोष बाबू के मित्र शशांक सान्याल सामने आकर बोले, "फिर हड्डी कभी ठीक से जुड़ी नहीं।"

फेलूदा बोले, "लेकिन वंश की मर्यादा की रक्षा के लिए शिकारी बनने का शौक हुआ था? और अपने गाँव के जंगल में झूठ पकड़े जाने के डर से उड़ीसा और असम के जंगलों में शिकार करने चले गए थे? आपके शिकार करने का मतलब था कि शिकार तो शशांक बाबू करते थे। लेकिन लोग यही सोचते कि सिंहराय परिवार में तीन पुरखों से बाघ के शिकार की परम्परा चली आ रही है। ठीक कह रहा हूँ न महीतोष बाबू?"

महीतोष बाबू ने गहरी साँस लेकर कहा, "शशांक ने अपने दोस्त के लिए जो किया, वैसा कोई नहीं करता। उसके जैसा शिकारी मेरे परिवार में भी पैदा नहीं हुआ है।"

"लेकिन हाल ही में उस दोस्ती में दरार आ गई थी?"

महीतोष बाबू और शशांक बाबू दोनों को खामोश देखकर फेलूदा ने अपनी बात जारी रखी—"इस पुस्तक के प्रकाशित होने के पहले तक कम-से-कम मैंने महीतोष सिंहराय का नाम नहीं सुना था। लेकिन पुस्तक प्रकाशित होने के बाद आज हजारों लोग उनका नाम सुन रहे हैं और बड़े झूठ को सच समझ रहे हैं। मगर असली शिकारी अपने न्यायिक प्राप्य रो वंचित है। वे क्या इस झूठ को सहज ही स्वीकार कर पा रहे हैं? मित्रता की खातिर कितना आत्मत्याग सम्भव है? उस दिन रात में आप शशांक बाबू को ही बातें सुना रहे थे न? मेरा अनुमान लगाना उचित ही होगा कि लम्बे समय से शशांक बाबू और आपके बीच मनमुटाव और आरोप-प्रत्यारोप चल रहा है।"

अभी भी दोनों खामोश थे। फेलूदा महीतोष बाबू को स्थिर नजरों से

देखते हुए बोले, "यही समझ लेता हूँ कि मौनं सम्मति लक्षणम्! एक और मामले में भी आपके मौन रहने के अलावा दूसरा कोई रास्ता नहीं है।"

महीतोष बाबू ने घबराई नजरों से फेलूदा की तरफ देखा। फेलूदा बोले, "तड़ित बाबू की साहित्य-प्रतिभा के कारण ही आपको ख्याति मिल रही है, शायद यह भी सच है, ठीक कह रहा हूँ न महीतोष बाबू? आपने उस दिन पांडुलिपि की बात कही थी लेकिन बहुत ढूँढ़ने पर भी मुझे आपका लिखा हुआ कागज का एक भी टुकड़ा नहीं मिला। असल में आप लिखते नहीं थे, आप अपनी तरह से बोलते थे और तड़ित बाबू अपनी परिष्कृत भाषा में उसे लिखते थे, और वह लेख आप के नाम से प्रकाशित होता था, तड़ित बाबू को आप अच्छा वेतन देते थे। उन्हें आराम से, मर्यादा से रखा था। यह सब तो ठीक है, लेकिन एक सचमुच के गुणी सर्जक साहित्यकार के लिए इतना काफी नहीं था महीतोष बाबू! उसकी सबसे बड़ी प्रत्याशा होती है उसकी प्रतिभा की स्वीकृति। यह न मिल पाने के कारण तड़ित बाबू का दिल धीरे-धीरे टूटने लगा था। इतने में यह पहेली उनके हाथ लग गई थी और उन्होंने उसे समझ भी लिया था। नारायणी मुद्रा की बात शायद उन्हें आपके कागजात से मिली थी। मूल बात यह थी कि उन्होंने गुप्तधन लेकर आपकी नौकरी से इस्तीफा देकर वापस कलकत्ता चले जाने का मन बना लिया था। लेकिन उनकी यह इच्छा पूरी नहीं हुई।"

महीतोष बाबू जैसे बहुत मुश्किल से उठकर खड़े होकर बोले, "सब समझ रहा हूँ मिस्टर मित्तिर, आपने जो कहा सच कहा, मगर यह भी सच है कि आपकी एक भी बात मुझे सुनने में अच्छी नहीं लग रही है। लेकिन तड़ित की किसने इस तरह से हत्या की? हो सकता है वह मुझसे नाराज था लेकिन उस पर भी किसी का आक्रोश था, यह मैं नहीं जानता था। तड़ित के अतिरिक्त दूसरा कौन उस दिन इस जंगल में आ सकता था?

"मैं इसे भी बता सकता हूँ।"

महीतोष बाबू चहलकदमी कर रहे थे, लेकिन फेलूदा की बातें सुनकर ठिठक गए।

"बता सकते हैं?"

फेलूदा की नजरें घूम गई थीं।

"शशांक बाबू, उस दिन आप ट्रॉफी रूम से एक विनचेस्टर राइफल लेकर इस जंगल में नहीं आए थे? कल रात मैंने उसके हत्थे में थोड़ी मिट्टी लगी हुई देखी थी जो परसों रात में नहीं थी।"

शशांक बाबू की शिराएँ शायद शिकार करते-करते सख्त हो गई थीं। वह अद्‌भुत शान्त भाव से फेलूदा की तरफ देखकर बोले, "अगर मैं आया भी था तो—आप इसका क्या मतलब निकालना चाहते हैं? बताएँगे जरा?"

फेलूदा भी ठीक शशांक बाबू की तरह ही शान्त भाव से बोले, "आप अपने मित्र से हताश थे लेकिन आपका उनके गुप्तधन पर लालच था, मैं यह नहीं कहता। लेकिन मेरा विश्वास है कि तड़ित बाबू ने पहेली का अर्थ समझ लिया था यह बात आप जानते थे। क्या मैं ठीक कह रहा हूँ?"

शशांक बाबू बोले, "केवल इतना ही नहीं, तड़ित ने गुप्तधन मिलने पर आधा मुझे देने प्रस्ताव किया था, क्योंकि तड़ित समझ गया था कि महीतोष बाबू हम दोनों को ही हमारे प्राप्य से वंचित कर रहे हैं। लेकिन मैं तड़ित के प्रस्ताव पर राजी नहीं था। मैं उसे गुप्तधन की खोज में यहाँ आने से बार-बार मना करता था। वजह यही आदमखोर था। आखिकार उस रात को अपनी खिड़की से उसकी टॉर्च की रोशनी देखकर मैं बन्दूक लेकर निकल पड़ा था। यहाँ आकर देखा, गुप्तधन

पड़ा हुआ है लेकिन तड़ित नहीं है। उसके बाद ढूँढ़ने पर मुझे खून के निशान मिले। बाघ के पैरों के निशान भी मिले। उसके बाद गुप्तधन मन्दिर के अन्दर रखकर, उन निशानों को देखते हुए मैं बाँस-झाड़ी के करीब तक पहुँच गया। कड़कती हुई बिजली की रोशनी में देखा, बाघ तड़ित के शव को ग्रास बना रहा है। मैंने अन्धकार में ही गोली चला दी, बाघ भाग गया। उसके बाद..."

शशांक बाबू न जाने क्यों चुप हो गए। फेलूदा बोले, "बाकी मैं बताता हूँ। यह भी मेरा अन्दाजा ही है, अगर कहीं गलती हो जाए तो सुधार दीजिएगा।"

"ठीक है, कहिए?"

"कल रात आप ही माधवलाल से बातें कर रहे थे न?"

शशांक बाबू ने इनकार नहीं किया। फेलूदा ने अब एक और सवाल पूछा, "क्या मन्दिर के पीछे बाघ को ललचाने के लिए कोई पड़िया बाँधने का प्रस्ताव देने गए थे। उस सेमल के पेड़ की ऊँची डाल पर गिद्धों का झुंड देखकर लग रहा है नजदीक ही कहीं कोई जानवर मरा पड़ा है।"

"हाँ, भैंस का पड़िया," शशांक बाबू दबे स्वर में बोले।

"इसका यही मतलब हुआ कि आप चाहते थे कि आज बाघ निकले ताकि आप कम-से-कम एक बाहरी व्यक्ति के सामने साबित कर सकें कि असली शिकारी आप हैं महीतोष बाबू नहीं।"

महीतोष बाबू अचानक फेलूदा के पास आकर उनके कन्धे पर हाथ रखकर विनती करते हुए बोले, "मिस्टर मित्तिर, मैं आपसे एक आग्रह करता हूँ आपको उसे स्वीकार करना होगा।"

"कैसा आग्रह?"

"इस गुप्तधन का एक हिस्सा मैं आपको देना चाहता हूँ। वह आपको लेना पड़ेगा।"

फेलूदा महीतोष बाबू की नजरों से नजरें मिलाकर मुस्कराते हुए बोले, "चाँदी के सिक्के मुझे नहीं चाहिए मिस्टर सिंहराय। लेकिन मैं एक चीज जरूर लूँगा।"

"कौन-सी चीज?"

"आदित्यनारायण की तलवार।"

लालमोहन बाबू ने यह सुनते ही आगे आकर फेलूदा को तलवार पकड़ा दी।

"आप यह तलवार लेना चाहते हैं?" महीतोष बाबू चकित होकर बोले, "नारायणी मुद्रा ठुकराकर लोहे की तलवार लेना चाहते हैं?"

"यह तलवार अब मामूली तलवार नहीं रह गई महीतोष बाबू। इतिहास के साथ-साथ इसके साथ और भी कुछ जुड़ गया है।"

"आप तड़ित की हत्या की बात कर रहे हैं?"

"नहीं।"

"फिर?"

"हत्या की बात नहीं कर रहा हूँ, क्योंकि तड़ित बाबू की हत्या हुई ही नहीं है।"

"तो? आत्महत्या?"

"वह भी नहीं, आत्महत्या भी नहीं।"

"आप कैसी पहेली बुझा रहे हैं मिस्टर मित्तिर?" महीतोष बाबू की बातों से लग रहा था उनके अन्दर का कठोर पुरुष फिर प्रकट होना चाहता था।

फेलूदा बोले, "नहीं, मैं ऐसा कुछ नहीं कर रहा हूँ महीतोष बाबू! जो कुछ हुआ है, वही बताने जा रहा हूँ। वह इतना स्पष्ट है कि उस तरफ हमारा ध्यान ही नहीं गया। यह तलवार तड़ित बाबू ने ही आदित्यनारायण के कमरे से हटाई थी।"

"यह आप क्या कह रहे हैं, उसने ऐसा क्यों किया?"

"क्योंकि गुप्तधन निकालने के लिए उन्हें जमीन खोदने की जरूरत थी और उसके लिए उन्हें फावड़े की तरह किसी चीज की आवश्यकता थी। तड़ित बाबू के सबसे नजदीक थी यह तलवार!"

"फिर?"

"फिर क्या—यह बताने से पहले इस तलवार की एक खासियत मैं आप लोगों को दिखाना चाहूँगा।"

यह कहकर फेलूदा न जाने क्या सोचकर तलवार लेकर शशांक बाबू की तरफ चले गए। शशांक बाबू साहसी व्यक्ति थे, फिर भी फेलूदा को हथियार लेकर उस तरह से अपनी तरफ आते देखकर थोड़ा असहज हो गए। अब फेलूदा ने एक अनोखा खेल दिखाया। उस तलवार को वे धीरे-धीरे शशांक बाबू के हाथ की बन्दूक के नली के पास ले गए। नजदीक आते ही खटांग आवाज करके दोनों इस्पात आपस में जुड़ गए थे।

"यह क्या, यह तो चुम्बक है।" शशांक बाबू बोले।

"हाँ चुम्बक!" फेलूदा बोले, "तलवार ही चुम्बक है, बन्दूक नहीं। लेकिन यह तलवार पहले चुम्बक नहीं थी क्योंकि अलमारी में इस तलवार के पास ही लोहे की एकाधिक छोटी-मोटी चीजें रखी हुई थीं। अगर चुम्बक होता तो तलवार निकालते या रखते समय वे चीजें जरूर इस तलवार से चिपक जातीं, लेकिन ऐसा नहीं हुआ था। यह तलवार परसों रात को ही चुम्बक बनी है।"

"लेकिन कैसे?" महीतोष बाबू ने पूछा। सभी साँस रोककर फेलूदा की तरफ देख रहे थे।

फेलूदा बोले, "किसी व्यक्ति के हाथों में लोहे या इस्पात की कोई भी चीज हो और उस पर बिजली गिर जाए तो वह चीज चुम्बक में बदल जाती है। केवल इतना ही नहीं, कभी-कभी वह बिजली को अपनी तरफ खींचती भी है। तड़ित बाबू की मौत बिजली गिरने से हुई थी और शायद यह तलवार ही उसका कारण रही हो। जमीन खोदकर कलश निकालने के बाद बरसात होने लगी थी, साथ ही बिजली भी चमक रही थी। तड़ित बाबू ने पीपल के पेड़ के नीचे आश्रय लिया था। उसी समय उनके ऊपर बिजली गिरी थी। तड़ित बाबू के झटके से गिरते समय उनके हाथ की तलवार उनके सीने में घुस गई थी। सम्भव है उनकी मृत्यु के अगले पल ही यह तलवार उनके बदन में घुस गई हो।"

महीतोष बाबू बुरी तरह काँप रहे थे। उनकी नजर उस बरगद के पेड़ की तरफ थी। धीमे स्वर में किसी तरह बोले, "तभी सोच रहे थे यह पेड़ अचानक बूढ़ा कैसे हो गया?"

महीतोष बाबू की बात खत्म होते ही लालमोहन बाबू बोले, "तड़ित बाबू आखिर तड़ित पृष्ठ होकर मारे गए।"

अफसोस की बात है कि उनकी इस चमत्कारिक उक्ति पर ध्यान देने की मानसिकता उस समय किसी की नहीं थी।

हम लोग आज कलकत्ता लौट रहे थे। आज बाहर धूप खिली हुई थी। दो दिनों तक बारिश होने कारण गर्मी भी कम थी। हम लोग अपना सामान बाँधकर कमरे में बैठे थे। रह-रहकर देवतोष बाबू के बोलने की आवाज

आ रही थी। सुबह उठते ही देखा था कि आज उनके कमरे के दरवाजे पर ताला नहीं जड़ा था। पेड़ से उतरते समय लालमोहन बाबू के घुटनों में चोट आ गई थी। अपने जख्म पर वह स्टिकिंग प्लास्टर लगा रहे थे। उसी समय महीतोष बाबू का नौकर लोहे का एक बक्सा सिर पर उठाकर कमरे में आया। उसे जमीन पर रखकर बोला, "महीतोष बाबू ने भेजा है।" फेलूदा ने खोलकर देखा, उसमें बहुत जतन से पैक की गई बाघ की खूबसूरत खाल रखी थी। बक्से में एक लिफाफा भी था। उसमें तीन लाइनों की एक चिट्ठी थी—

'प्रिय मिस्टर मित्तिर, मेरी कृतज्ञता के निदर्शन स्वरूप इस बाघ की खाल को स्वीकार करके मुझे उपकृत करें। सन् 1957 में सम्बलपुर के पास एक जंगल में यह बाघ मेरे मित्र शशांक बाबू के हाथों मारा गया था।'

लालमोहन बाबू पत्र पढ़कर बोले, "दोनों की गोली लगने से जो बाघ मरा था उसके क्या दो हिस्से किए जाएँगे?"

फेलूदा बोले "नहीं, शशांक बाबू ने उसे मुझे ही देने की बात कही है।"

"ओह, मतलब आप अकेले ही दोनों...।"

"नहीं अकेले नहीं, दोनों में से एक आपको भेंट करने का मन बन लिया है।"

"भेंट?"

"हाँ भेंट! पेड़ की डाल पर चढ़कर और बेहोश होकर जमीन पर बिना गिरे लटका जा सकता है। इसे आपने ही सबसे पहले साबित कर दिखाया है।"

लालमोहन बाबू 'हाँ-हाँ' कर उठे—

"अरे महाशय, मैंने तो कहा ही था मेरी कल्पनाशक्ति दूसरों से अधिक है। आप लोग बाघ कह रहे थे और मुझे उसमें भड़कती अग्नि शिखा नजर आ रही थी...और उसमें एक पैशाचिक दानव दाँत भींचे मुझे देख रहा था। और उसी के साथ कर्ण-भेदी आवाज करके एक जेट प्लेन मेरे ही ऊपर लैंड करने के लिए टेक-ऑफ कर रहा था। इसके बाद भी अगर बेहोश नहीं होता तो बेहोशी चीज होती है किस बात के लिए?"